KEITAI
SHOUSETSU
BUNKO
野いちご SINCE 2009

学年一の爽やか王子に
ひたすら可愛がられてます

雨乃めこ

スターツ出版株式会社

カバー・本文イラスト／月居ちよこ

ひとりぼっちで地味な私の前に
　　突然、現れたのは
「俺と緒方(おがた)さんだけの秘密ね」
　　学年で一番人気の彼でした。

「今の、間接キスって言うんだよ」
「恥ずかしがらないでよ、こっちが照れる」
　　みんなの前では優しくて
　　爽(さわ)やかな彼だけど
　　ふたりの時だと、少し違う。
　＊．°°．＊．．．ｏ．．ｏ．．＊．°．．＊．．ｏ．．ｏ．．．＊．°°．

　　緒方静音(しずね)
　　クラスで一番地味な女の子。
　　自分に自信がない。
　　　　×
　　柊 絢斗(ひいらぎあやと)
　　優しい王子様は表の顔。
　　裏はちょっと強引なオオカミくん。
　＊＊．°°．＊．．．ｏ．．ｏ．．ｏ．．．＊．＊．°°．＊．

「ちゃんとこっち向いてよ」
「名前、呼んでくれるまで離れない」
「静音、すげぇ可愛(かわい)い」

学年一の爽やか王子に
ひたすら可愛がられてます
登場人物紹介

緒方 静音(おがた しずね)

内気で引っ込み思案な高校2年生。料理が得意で、学校の中庭で手作りのお弁当を食べながら、ひとりでゆったりするのが好き。だけどある日、目の前にイケメン爽やか王子様が現れて…。

土田 想太(つちだ そうた)

絢斗の友人。遠足で絢斗、静音、鈴香と同じグループになって以来、なにかと4人で行動するように。鈴香に想いを寄せている。

柊 絢斗(ひいらぎ あやと)

静音と同じクラスのイケメン爽やか王子様。学年一の人気者で、誰にでも平等に優しいけれど、なぜか静音だけを溺愛している。ふたりきりになると、とびきり甘い言葉をささやいてきて…!?

川原 悠二(かわはら ゆうじ)

静音の隣の家に住む幼なじみで、頼れるお兄ちゃんのような存在。静音に近づく絢斗のことを警戒している。

高城 鈴香(たかじょう れいか)

静音の親友。曲がったことが嫌いで、ストレートにものを言う性格。派手な容姿でみんなから誤解されがちだけど、本当は心優しい。

contents

第1章	私の世界	9
第2章	柊くん	21
第3章	出会い	41
第4章	遠足	61
第5章	勉強会	95
第6章	球技大会	127
第7章	打ち上げ	155
第8章	夏休み・プール	177
第9章	夏休み・複雑な気持ち	197
第10章	夏休み・花火大会	215
第11章	2学期	241

第12章	想い	261
第13章	学園祭	275
第14章	恋心	297
第15章	始まり	317
あとがき		328

第1章
私の世界

side 静音

「アリサの今日の髪いい感じ〜!」
「ふふーんっ。今日早く起きられたから髪、巻いてきちゃった♪　っていうか、ミコトのピアスもめっちゃ可愛いんだけど!」
「本当だー!　どこで買ったの?」
「じ・つ・は!　彼氏くんからプレゼントしてもらいましたっ!」

　キンキンする声が私の耳に飛び込んできて、同時に甘い香りが鼻をかすめる。
　朝のHR前の時間。
　いつものように、私の前の席に座る女子グループが、おしゃれのことや男の子のことで騒いでいる。
「ミコトにしては長続きしてるよね〜」
「で、どこまでいったの?」
　急に声のボリュームを少し下げて話し出したけど、バッチリ聞こえてしまう。
　べつに小野さんが彼氏さんとどうなっているのか知りたいわけではないけれど。
　そういう話に興味がないわけじゃない。
　むしろ羨ましくて、私もこの子たちのようにキラキラしたいって思う。
　高校1年から2年に上がっても、内気な性格のせいで、仲のいい友達は全然できないし。
　容姿だって恵まれていない。

メイクとか、おしゃれとか、恋とか。
　諦めてるわけじゃないけど、私にそんなことする資格があるとは思えない。
　スカートを短くしたり、髪をアレンジしたり。
　ファッション雑誌を見ては、鏡の前で真似をしてみたこともあるけれど。
　私にはやっぱり似合わなくて。
　もう少し、目が大きかったら。
　もう少し、プルンとした血色のいい唇だったら。
　今とは違った高校生活を送っていたのかな。
　窓側の席から、笑顔がキラキラした登校中の女子生徒たちを見て、心の中でため息をついた。
　──ガラッ。
「お！　柊！」
「柊くんおはよ！」
「柊くん、これ借りてたノート！　本当助かったよ～！」
　教室のドアが開けられて、ある人物が入ってくると、クラスの空気が一気に変わり、クラスメイトの何人かがその人物を囲んだ。
　その輪だけ、まるで漫画の世界を切りとって貼りつけたかのような輝き方をしている。
「はよー、みんな。あ、全然いいよ。俺の雑な字読めた？」
「読めるに決まってんじゃん！　柊くんみたいに綺麗な字を書く男子見たことない！」
「あはははっ、大げさ～」

柊絢斗くん。

学年の人気者である彼は、爽やかな優しい笑顔を振りまいて、朝から女の子たちをうっとりさせた。

顔がすごくカッコいいということももちろんそうだけれど、誰にでも平等に優しいというのが、彼の一番人気の理由だ。

もちろん、私みたいな地味で暗い女子が関われる相手じゃないんだけどね。

誰もが憧れる、王子様。

それが柊絢斗くんだ。

「柊くん、本当カッコいいよね～」

「アリサ、早く告っちゃえばいいのに。チャンスじゃない？ ほら、今日可愛くしてるし」

前の席の女の子たちが、またワチャワチャと話し出す。

やっぱり、柊くんのこと好きな人、まだまだいるんだな。

入学して間もない時から、柊くんの噂(うわさ)は凄(すさ)まじく、たくさんの女の子たちが告白して振られたっていうのは有名な話だ。

でも、あの柊くんのことだから、きっと相手の女の子をできるだけ傷つけないように断ってきたに違いない。

じゃなきゃ、2年生になった今でも彼の周りにこんなに人が集まるなんておかしいもん。

そんなことを思いながら、みんなに囲まれてる彼を見つめる。

はっ、ど、ど、どうしようっ！

思わず、顔をバッと下に向けて、髪の毛で顔を隠す。
　今……。
　完全に柊くんのことをじっと見すぎてしまったせいで、彼と……。
　目が合っ——。
「うわっ！　今、柊くん、完全にアリサのこと見てたよ！」
　恥ずかしくてずっと下を向いてたら、前の席の女子が叫んだ。
「え、そんなことないよ……」
「いや、絶対見てたって！」
　……そうだ。
　バカみたい。
　何を勘違いして私、ドキドキしたんだろう。
　柊くんが私のことなんて見るわけないじゃない。どう考えたって、柊くんは私の前にいる可愛い女子グループを見てたよ。
　身の程をわきまえなよ、私。
　自分のことが恥ずかしすぎて、スカートの裾をぎゅっと握る。
「無理だよ〜私なんか」
　そう言いながら、頬を赤く染めてる高野さん。
　恋する女の子って感じでとても可愛い。
「無理じゃないって〜！　今日、話しかけてみたら？」
「けど……」
「大丈夫だよ！　私たちが応援するから！」

純粋にいいなって思う。
　好きな人の話をして、その恋を応援してくれる仲のいい友達がいて。
　今日も私は、この教室の中でたったひとりだ。

「いただきます」
　小声でそう言って、スカートの上に置かれたお弁当箱のふたをパカっと開く。
　お昼休み。
　遠くから生徒たちの声がかすかに聞こえて、たまに吹く風が芝生の香りを運んでくるここは、私の特等席。
　北校舎と南校舎の間にある中庭。
　１階に家庭科室がある北校舎の壁に背中を預けてから、私はゆったりとこの時間を過ごす。
　学校で唯一ホッとする時間。
「うんっ、上出来」
　夕ご飯の残りのシチューをグラタンにアレンジしたそれをひと口食べて、思わず声を漏らす。
　料理は好きだし、新しいレシピに挑戦してそれが成功した時はすごくうれしい。
　いつか、奇跡が起こって結婚することができたら、家族においしいご飯を作ってあげるのが私のひそかな夢だったりする。
　夢が『お嫁さん』なんて。
　ほかの人に聞かれたらそんな夢、子どもっぽいとか言わ

れちゃうかもしれないけど。

「静音～！　福神漬け買ってきたぞ～！」
「あ、悠ちゃんおかえり！　ありがとう」
　午後7時。
　キッチンで大きな鍋の中にカレールウを溶かしている私の横で、買い物から帰ってきた悠ちゃんが手を洗いながら鍋の中をのぞいた。
「うわ～うまそ～」
　うれしそうに鍋をのぞく悠ちゃんの横顔。
　悠ちゃんこと川原悠二。
　家が隣同士で、昔からこうして一緒に夕飯を食べたりする幼なじみだ。
　幼なじみといっても、大学生の悠ちゃんはお兄ちゃんみたいな存在。
「静音、学校どう？」
　食器棚からお皿を取り出しながら、悠ちゃんがそう聞いてくる。
「ん～……普通、かな」
　内気な性格である私のことをわかって、悠ちゃんはいつも私を気にかけてくれるけど、最近はなんだかそれが申し訳ない。
「そっか」
　優しく微笑んで、そう言って話を終わらせてくれる悠ちゃん。

それ以上聞かないでほしいって私の気持ちをわかってくれているからだ。
「いただきまーっす」
　悠ちゃんがお皿によそってくれたカレーの前で手を合わせる。
「んー！　うま！　やっぱ静音のカレーは本当おいしいな。明日はカレーうどんだろ？」
「もう……ご飯食べながら明日の夕飯の話しないでよ〜」
「だって一日の中で俺の一番好きな時間なんだもん」
「……っ、」
　大学生にもなって『だもん』って……。
　普段は大人っぽいのに時々こういう可愛いところ見せてくるんだもんなぁ。
　きっと、大学でもモテモテだろう。
　中高生の時にも、悠ちゃんの家の周りによく女の子たちが来ていたし。
　悠ちゃん、好きな人とかいないんだろうか。
　昔から、母子家庭でひとりっ子の私を気遣って、こうやって家に来て一緒にご飯を食べてくれる。
　悠ちゃんは、『俺んちも父子家庭だし静音の作るご飯がおいしいから』って言ってくれてるけど……。
　──♪〜♪〜♪〜♪〜♪
「あ、ごめん」
　テーブルの端に置いていた悠ちゃんのスマホが鳴り出し、悠ちゃんが申し訳なさそうにそう言って、電話に出た。

「もしもし。……あー、んー……だから何度も言ってるけど、俺は行かないって……」

　悠ちゃんの顔がちょっと面倒(めんどう)くさそう。

「もうご飯食べてるし。……はぁ？　それ、お前が勝手に言ったことだろう。知らないから。……あぁ。じゃ」

　悠ちゃんがスマホを耳から離して、親指で画面をタップした。

「……大丈夫？　なんか予定あった？」

「いや、ただの合コン」

『合コン』

　ドラマや漫画の中でしか知らないワードを聞いて、少しドキッとする。

　やっぱり、悠ちゃんと私じゃ住む世界が違うな。

「行かないの？」

「興味ないからね」

　悠ちゃんはそう言って、カレーを食べるのを再開した。

　そういうのに興味がないってことは、悠ちゃんには好きな人でもいるのかな？

「ねぇ、悠ちゃん」

　お水をゴクンとひと口飲んでから口を開く。

「ん？」

　ひとりぼっちになる私のことを気にかけてそうしてくれてるなら、無理しないでほしい。

「無理、しなくていいよ」

「無理？　何を？」

一瞬、悠ちゃんの目が鋭くなった気がしたから慌てて目をそらす。
「ほら……大学とかバイトとか忙しいでしょ。悠ちゃん友達もいっぱいいるからお誘いとか多いと思うし」
「静音、何が言いたいの？」
　スプーンを置いた悠ちゃんがまっすぐこちらを見た。
「私は……ひとりでも大丈夫だよ」
　小さい頃から、お兄ちゃんのようにずっと私の面倒を見てくれて、そのことに感謝しているからこそ。
　私だってもう高校生だ。
「あぁ、あれか。お父さんもう部屋に入ってこないで的なやつか」
「え？」
「そっかそっか。静音、反抗期まだだったもんな〜。ついに来たか〜」
　突然、腕を組んで天井を見上げる悠ちゃん。
「いや、反抗期とかじゃなくて……」
「何、それとも好きな男の子でもできた？　だから俺は緒方家出入り禁止？」
「ち、違うよ！　私はただ……」
「勘違いすんなよ〜。静音と夕飯食べるのは、俺の中で習慣なの。歯磨きと一緒くらい当たり前のことなの。今さら変えろって言う方が無理。落ち着かない」
「悠ちゃん……」
「まぁ、静音が、突然俺のこと気持ち悪くなって、顔も見

たくないっ！　って言うんならさすがに考えるけど……そんなの俺、部屋で泣いちゃうな」
　うっ。
　男子大学生が……泣いちゃうって……。
「静音がいいって言ってくれるなら、俺はもう少しこの時間を楽しみにしたい」
「……っ、う、ん」
　喉の奥に何か詰まったみたいな感覚になって、鼻の奥がツンとする。
　上手に返事ができなかったけど、優しく微笑んだ悠ちゃんを見て、ちゃんと私が伝えたかったことは届いたんだとわかる。
　なぜだろう、この日のカレーはいつもよりも少しおいしかった。

第2章
柊くん

翌日のお昼休み。
「いただきます」
　いつものように小さく声に出してから、お弁当箱のふたを開ける。
　今日は、昨日のカレーの残りを少し使ってカレー春巻きを作った。
　これを作るのはもう３回目だから味に不安はない。
　私は、カレールウは絶対残さず使いたい派だ。そうすると、結構カレーの日が続いちゃうからアレンジは大切。
　まぁ、どんなにカレー味が続いても悠ちゃんはおいしそうに食べてくれるからありがたいんだけど。
　冷えた春巻きは、サクッとはいかなかったけど、それでも皮のモチッとした感触とカレーのスパイスが絶妙で、おいしい。
　もっとアレンジ考えないとな……。
「それ、カレー入ってるの？」
　っ!?
　突然、後頭部から声が降ってきたのでびっくりして持ってたお箸を落としそうになる。
　誰っ!?
　そう思って、おそるおそる振り返る。
　───っ!?
　嘘でしょ!?
　な、なんで!?
「っ！　……ゴホッ、ゴホッ」

「ちょ、大丈夫? 緒方さんっ」
 思わずむせてしまった。
 だって、無理ないよ。
 うしろの家庭科室の窓から上半身を出して、こちらをのぞき込んでいるのは……。
 まぎれもない、うちのクラスの柊くんなんだもん。
 なんで柊くんが私に話しかけてるの?
 っていうか、なんでここにいるの?
 正直、軽く頭の中はパニックである。
「ごめんね、びっくりさせちゃって」
 眉毛(まゆげ)を少し下げてから謝る柊くんだけど、改めて見るとやっぱりすごくカッコいい。
 あんまり長いこと見られないや。
 だんだん顔が熱をもっていくのを感じて、目線をお弁当に戻す。
「それ、すごいね」
 耳に入ってくる柊くんの声に、トクトクと胸が鳴る。
「いや、そんなたいしたものじゃ。簡単ですし……」
「え! もしかして、緒方さん自分で弁当作ってんの?」
 初めて話すのに。
 本当、コミュニケーション能力が高いなぁ。
 私は、柊くんが私の名前を知ってくれていたことがうれしくて仕方ないっていうのに。
「い、一応……」
「すごー! 何時に起きて作るの?」

「えっと……5時半に」

「5時半!? すごいなぁ〜」

「ひ、柊くんは……」

「ん？ 何？」

　初めて声に出して名前を呼ぶことにすごく緊張したけど、首を傾げている柊くんにまたキュンとする。

「なんで……ここに？」

「あー、家庭科室ってすげークーラー効いてるんだよね〜。だから時々涼みにくるの」

「あ、そうなんだ……」

　時々ってことは……。

　私がここでご飯を食べていた間に何度か来たことあるのかな。

　すごく近くに柊くんがいたかもしれないって考えるだけでまたドキドキする。

　本当、こういうの慣れてないな。

「俺がここに来るっていうのは……ほかの人たちには内緒にしてね」

「えっ……あ、はい……」

　みんなから愛される柊くんが、みんなに内緒にしたいこと……か。

「俺と緒方さん、ふたりだけの秘密ね」

　私と柊くんだけの秘密!?

　ふたりだけの秘密なんて……そんなこと言われたらまた変にドキドキしちゃうよ。

「柊くん……お昼──」
「おい、柊〜〜!!」
　っ!?
　誰かに名前を呼ばれた柊くんが振り返った。
　あぁ、せっかく話しかけたのに、声がかぶっちゃった。
　勇気を出しても、こういうこと結構あるんだよな、私。
「あぁ、今行く〜〜！」
　柊くんが家庭科室のドアの方に向かって、そう言った。
　休み時間に姿が見えないと、すぐに友達が探しにきてくれるような人、それが柊くんだ。
　柊くんとお昼休みを過ごしたい子だってたくさんいるだろうな。
「じゃあね、緒方さん。今度、それ俺にも食べさせてね」
「あっ、」
　っ!!
　ニコッと笑った柊くんは、私の頭に手をそっと置いてから、家庭科室をあとにした。
　柊くんに──。
　頭を触られてしまったっ!!
　しかも、今度カレー春巻き食べさせてって！
　どうしよう、どうしよう、どうしようっ!!
　慌てて自分の頭を両手で隠すように触る。
　なんてこった。
　あの人気者の王子様としゃべってしまっただけじゃない。頭を……頭を……。

多分、今の私の顔は誰にも見せられないくらい真っ赤だ。
　胸の鼓動(こどう)の速さも異常だし、頭の中で状況を整理していくたびに、加速している。
　カッコよかったなぁ。
　こんな私にも優しく声をかけてくれるなんて。
　多分、もう一生ない。
　人生の運を、この瞬間にすべて使いはたしたかもしれない。
　私、結婚できないかも。
　だって、奇跡でも起きない限り私をお嫁にもらってくれる人なんて現れないもん。
　はぁ〜まだ夢みたいだよ。
　トイレで手を洗いながら鏡で自分の顔を見つめる。
　教室に帰っても、柊くんを見つめすぎないようにしなきゃ。
　軽く話しかけただけで、ガン見されたって思われたら確実に気持ち悪がられるもんね。
　それにしてもなんであんなに綺麗な顔なんだろうか。
　あの距離で私の顔を見せてしまったことが、恥ずかしくて申し訳ないよ。
「っていうか絶対、浮気(うわき)してると思うんだよな〜」
　っ!?
「証拠(しょうこ)あんの？」
「女の勘(かん)ってやつ？」
「何それ〜」

女子のグループが一斉にお手洗いに入ってくる。
　彼女たちはトイレに入るわけでもなく、鏡の前で化粧を直したりするのだ。
　華やかで可愛い。
　私には似合わないもの。
　私は、存在を消すようにお手洗いをあとにした。
　そういえば、柊くんって誰が告白しても断るって聞いたけど、なんでなんだろう。
　好きな人がいる？
　悠ちゃんみたいに『興味ない』とか？
　——ガラッ。
「高城、待て!!」
　ん？
　角を曲がろうとした瞬間、男の先生の大きな怒鳴り声がして思わず足が止まる。
　この声……私の担任の泉先生の声だ。
　どうしたんだろうと、歩き出そうとした瞬間。
　——っ!!
　ドンッ!!
　肩に勢いよく何かがあたり、私は盛大にしりもちをついてしまった。
「……っ、」
「ヤバッ！」
　うっすら目を開けると、目線の先に私のお弁当箱とそれを入れていたランチバッグが転がって落ちていた。

「おい高城!!」
　また担任の泉先生の声が聞こえて、その声の大きさでさっきよりも近くにいるのがわかった。
「ちょっと来て！」
「へ!?」
　お弁当箱とランチバッグをすごい速さで拾って、私の目の前で慌てているのは……。
　金髪でスカートがすっっごく短い女の子。
　初めて見る子。
　っていうか不良!?
　気づけば、私は彼女に起こされたまま手を掴まれて一緒に走っていた。
「あの！」
「ごめん。ちょっと黙って！」
　ひっ。
　彼女が立ち止まったのは、すぐ近くにある階段の前。
　彼女は少し息を整えてから、私の腕をまた引っぱって勢いよく階段を上った。
「ここまでくれば大丈夫だろ」
　そう言って、階段のすぐ横に座り出す金髪女子。
「あ、あの……なんで……」
　息切れしながら彼女に聞く。
「ったくあのクソメガネっ！」
　クソメガネって泉先生のこと!?
　たしかにメガネだけど……。

「あぁ、悪かったね。巻き込んで」
　ルーズソックスから伸びる白くて細い足。
　いわゆるギャルの格好をしてる彼女だけど、あまり怖いと思わないのはこの人の顔がすごく可愛いからだ。
　今日はすごく、美男美女に会う日だな。
「ったく！　あいつどこに行ったんだ！」
　っ!!
　泉先生のそんな声が下から聞こえて、私はここにいるのがバレないようにと息を止めた。
「泉先生と何かあったんですか？」
　先生が向こうに行ったのを確認してから、話を聞く。
「学校に来いってうるさいから来てやったのに、私の顔見るなり『なんだその格好は』って怒鳴り出すからさ。言い返して逃げてやった。今回は私の勝ちだな」
　金髪女子は満足そうに笑う。
　泉先生が追いかけてたってことは……もしかして、この子……同じクラス？
「あのクソメガネ、泉っていうの？」
「うん。普段は優しいから、怒鳴ってるの聞いてびっくりして」
「なんだよ。私にだけかよ。クソが。あ、私、高城鈴香。よろしく」
「あ、えっと、４組の緒方静音です。よろしくお願いします！」
　そう言って深くお辞儀をする。

「え～タメでしょ？　なんで敬語～ウケんだけど。静音ね。覚えた。じゃ」
「え、あのどこに……」
「帰るの。またね。まぁまた来るかわかんないけど」
　高城さんはそう言って、拾ったランチバッグとお弁当箱を私に渡してから、階段をスタスタと降りた。

「どうしよう……」
　翌日のお昼休み。
　私は、まだ自分のお弁当箱のふたを開けずに、いつものランチバッグとは別の、もうひとつのランチバッグを見つめる。
　昨日、柊くんにあんなこと言われたから……。
　本当に作ってきちゃった……。
　よく考えたら、柊くんは『今度』って言ったのに、昨日の今日で持ってきちゃったら、さすがにびっくりしちゃうんじゃないだろうか。
　っていうか、そもそも冗談だったりしたら本気で引かれちゃうよ……。
「お～がたさんっ！」
「うわっ！」
　突然、うしろから肩を掴まれて身体がビクンと跳ねる。
「ごめんごめん、びっくりした？」
　いつもどおりの優しい笑顔で首を傾げてくる柊くんが眩しすぎて、私はすぐに目をそらして、うなずく。

「緒方さん、いつもひとりで食べてるの?」
「え、……う、うん」
　柊くんにそう返事をすることで、改めて自分には友達がいないんだと痛感させられる。
「そっか……じゃあ、これからは俺も一緒にここでお昼食べてもいい?」
　っ!?
　なんですって!?
　今、柊くんなんて!?
「え、いや、えっと……」
　そもそも、大人気の柊くんは、いつもお昼休みは友達に囲まれて食べてるんじゃ……。
「あれ、ごめん。嫌だった?」
「と、と、とんでもない!　ただ……柊くん、と、友達とか……たくさんいるから」
「俺、お昼は基本ひとりだよ」
「え、そうなの、ですか?」
　びっくりして思わず言葉づかいが不自然になる。
「うん。だから、緒方さんがよかったら」
　まっすぐこっちを見つめてくる柊くん。
　自分がすごくカッコいいこと、わかっててやってるのかな。
　こっちはドキドキして心臓がもたないよ。
　そもそも、どうして柊くんみたいな人が私とお昼を食べるの?

私、からかわれている⁉
　そうだとしたら、面白い反応とかできないんだけどな。
「フハッ」
　えっ？
　パッと顔を見上げると、柊くんが「ごめん」と言いながらククッと笑っていた。
「緒方さん、そんな顔するんだね」
「え？」
　私、なんか変な顔してたかな⁉
「思ってたより、表情が豊かで可愛いなって」
　っ、か、か、可愛いっ⁉
　柊くんがこの私のことを可愛いって言った⁉
　お世辞にもほどがあるよ！
　たっくさんの可愛い女の子たちに言い寄られてきた柊くんのことだ。
　私なんかを可愛いだなんて思うわけない。
　それとも……誰にでもこういうことを⁉
　柊くんの言葉が嘘でもお世辞でも、またここで会えるなんて夢みたいで、よろこんでいる自分がいる。
「あ、あのね！　柊くんっ」
　多分、今言えなかったらずっと伝えられない。
　昨日の夜はこのことばかり考えてなかなか寝つけなかったもん。
「ん？　何？」
「あ、あの私っ!!」

思いきって、話し出す。
「あれ？　今の、柊くんじゃない？」
「え、どこどこ？」
「ほら、家庭科室の……」
　柊くんにカレー春巻きのことを伝えようと思ったら、家庭科室の前の廊下にいる女の子たちの声に遮(さえぎ)られてしまった。
　やっぱり、昨日初めて話したばかりなのに、急に手作りのおかずなんて持ってくるんじゃなかったよ……。
　きっとこれは、柊くんに春巻きを渡すんじゃないという神様からのお告げだ。
「緒方さん、ちょっとごめん」
「あ、はい……」
　もう柊くんはあの子たちのところに行ってしまう。春巻き、ちゃんと全部ひとりで食べられるかな。
「よいしょっ、と！」
　柊くんが行ってしまうことにひとりで落ち込んでいると、突然、これからいなくなってしまうはずの柊くんが窓を飛びこえて、私の隣に着地した。
「へっ、柊くん……」
「しーっ。バレちゃうよ」
　隣に座った柊くんが、顔を急接近させてから人差し指を自分の口もとにあてた。
「っ、!!」
　ダメだよっ！　そんなカッコいい顔近づけちゃったら!!

私は、バッと顔を離してから自分の頬を両手で包んで必死に顔の熱を冷まそうとする。
「ねぇ、本当に柊くんいたの？」
「んー……すごく……うしろ姿が似てた」
「でも人いないよ？」
「だね。見まちがいかも。ごめん」
　女子生徒たちのそんな話し声が窓の向こうから聞こえてきたあと、ガラッと家庭科室のドアが閉まる音がした。
　行っちゃったかな……。
　なんか、あの子たちに申し訳なかったな。
　せっかく柊くんと話すチャンスだったのに。
「よし。それで？　緒方さん、俺になんか言おうとしてたよね」
　女の子たちが出ていったことを確認した柊くんがそう言った。
　もしかして……私の話聞くためにわざわざ？
「あ、その……たいしたことじゃないんだけど」
「うん。何？」
　体育座りした膝に腕と顔を置いてこちらをジッと見つめる柊くん。
　あぁ、ずるいなぁ。
　カッコいいよ。
「……これ……昨日の今日で持ってくるの……すごく迷ったんだけど……でも……すごく……うれしかったから。話しかけてくれて……」

顔を隠すように、ランチバッグから取り出したもうひとつのお弁当箱を柊くんに差し出す。
「え、もしかして……これ」
「うん。春巻き……です」
　引いてるかな。
　怖いって思われないかな。
　重くないかな。
　震えそうになる手に意識が集中しすぎないように、顔を芝生に向けたままじっとしていた。
　持ってたお弁当箱が手からそっと離れていったので、柊くんの方へチラッと目を向ける。
「開けて……いい？」
　優しくそう聞く柊くんに深くうなずき返す。
「うわっ！　やった！　すっげ〜うまそ！　食べていい？」
　すごくうれしそうに笑う柊くんの顔を見る限り、お世辞でも演技でもない気がした。
　私は、また深くうなずいて用意してたお箸を柊くんに差し出す。
「いただきますっ」
　柊くんはそう手を合わせてから、お弁当箱の中に並んだ春巻きをお箸ではさんで豪快に口の中に運んだ。
　お口に合ったかな。
　なんて言うかな。
　緊張で心臓バクバクな状態で、息を飲んで柊くんの感想を待つ。

「うっっま!!　緒方さん、料理すごい上手じゃん!」
「いや、これはそんなたいしたものじゃ……」
「ううんっ!　たいしたものだよ!　すごいうまい!」
　目をキラキラさせてそう言う柊くんに、今までの緊張が嘘だったみたいに解けた。
　本当、いい人だなぁ。
　柊くんは、すぐに２本目を口の中に入れては「うまい、うまい」とよろこんで食べてくれる。
　よかった。
　作ってよかった。
　私の料理をこんなにおいしそうに食べてくれるのは、柊くんと悠ちゃんくらいだ。
　まぁ、ほかに誰に作ったことあるのかって聞かれたら、ママくらいしかいないんだけど。
「緒方さん、俺のこと考えて作ってくれたの?」
　少しニヤッと笑った柊くんが意地悪に聞いてきたので、私の顔はまたみるみるうちに熱をもつ。
「すごくうれしかったので……」
　いつも何かの陰に隠れてるような私を見つけて、声をかけてくれて、笑いかけてくれて。
　素直に、すごくうれしかった。
「そっか。でもさ～そういうこと言われちゃうと、勘違いしちゃうよ?」
「えっ?」
「ううん。なんでもないっ。ほら、緒方さんも、ご飯食べ

な〜冷めちゃうよ〜」
　柊くんはそう言って、また何本目かの春巻きを口に入れた。
「フフッ、お弁当はもともと冷めてるよ」
　思わず、柊くんの冗談に笑ってしまった。
「緒方さん」
「は、はい？」
　突然、柊くんに改まって名前を呼ばれ、首を傾げる。
「じゃなくて……」
「え？」
「静音って、呼んでいい？」
「えっ!?」
　彼と一緒にいると本当に心臓がもたない。
　いきなりびっくりすること言い出すんだもん。
「ダメかな？」
「ううんっ！　ダメじゃない、です！」
「うん。よかった。……静音」
「は、はい」
　柊くんに下の名前を呼ばれてまた胸が鳴る。
「し〜ずねっ」
「……っ、はい」
「静音〜」
「っ、あんまり呼ばないでください」
「え〜なんで。いいって言ったじゃん静音」
　だって……。

学校の男の子に名前を呼ばれたことなんて、人生で初めてなんだもん。
「静音、恥ずかしいんだ？」
「っ、あんまり慣れてないので……」
「何それ、キュンキュンする」
　キュンキュン!?
　いや、終始キュンキュンしてるのは私の方だし、あの柊くんの口からキュンキュン？
　目の前の柊くんは少しイタズラっぽく笑っていて、なんだか教室では見たことがない顔だ。
「あと、俺のことも名前で呼んでほしいな」
「……無理です」
「え、即答（そくとう）？　なんで？」
　人気者の柊くんを私みたいな底辺女子が馴（な）れ馴れしく下の名前で呼んだりなんかしたら、これから学校で絶対生きていけないよ。
「柊くんは……柊くんなので」
「んー。じゃあ、1回だけ」
　折れないなぁ。
「お願い！」
　両手をパンッと合わせて私に懇願（こんがん）する柊くん。
　これはこれで、学年の王子様にこんなことさせてるなんて申し訳ない。
「じゃあ……1回、だけ」
「おっ！　やった！」

「……あや……と、くん」
「ん？　何？」
「っ、柊くんが呼んでって言うから……っ！」
「違うじゃん」
　柊くんが、突然私の身体を引き寄せてまた顔を近づけると、ささやくようにそう言った。
　だから……心臓に悪いって……！！
　こんな至近距離！！
　倒れちゃうよ！！
「絢斗、でしょ？」
「うっ、でも1回だけだって……」
「言ってくれないとチャイム鳴っても離さないよ？」
　そう言って口角を上げて笑う柊くんは、完全に私の反応を楽しんでいる。
「……離してください、絢斗くん」
「フフッ、嫌です」
「そんな……」
「冗談、冗談っ」
　柊くんはそう言って、私の頭をポンポンとすると、「どうぞ」と言ってやっと身体を離してくれた。
　柊くん、全然チャラそうなイメージなんてないのに。
　こんな風にすぐに触れてくるなんて、なんだか意外だ。
　私は柊くんが見守る中、しぶしぶ食事を始めた。

第 3 章

出会い

柊くんにカレー春巻きをあげてから、1週間がたった朝。
「柊～！　数学のプリント見せて！　俺、提出期限すっかり忘れててさぁ～！」
　　クラスの男子が柊くんに甘えた声で話しかける。
「ダメ」
「は！　なんでだよ！　ケチ！」
「書きうつすだけじゃお前のためにならないだろ？　ほら、教えてやるから座れ。授業までには間に合わせるし」
「お前、本当いい奴だなぁ」
　　柊くんは相変わらずいい人で。
「柊くん、ほんっとイケメン」
「中身までイケメンとか最高じゃん」
　　相変わらず、人気者でモテモテだ。
　　教室にいると、やっぱり私と柊くんは住む世界が違うなと改めて感じる。
　　それでも、見惚れちゃうほどカッコいい。
　　私はほかの女の子たちと同じように柊くんのうしろ姿を見つめる。
「あ、緒方さーん」
　　っ!?
　　突然、振り返った柊くんとバッチリ目が合ってしまったと思ったら、こちらに手を上げながら私の名前を呼ぶ柊くんがいるではありませんか。
　　何事!?

今、柊くん……私の名前呼んだ!?
　こっち見てる!?
　今まで起きたことのない出来事に、私の頭は一気に真っ白になる。
　そして、クラスメイトのみんなが一斉に私に注目した。
　こんなこと生まれて初めてで、どうしていいかわからない。
　私は固まったままキョロキョロと目だけ動かしてから、また柊くんを見た。
　やっぱり私のこと見てるよ……。
「緒方さんっ、ちょっといい？」
　柊くんが手招きしながらもう一度私の名前を呼んだ。
　あぁ、どうしよう。やっぱり私のことだ。
『来て』
　って言っているのかな。
　緊張で手足がぎこちなく動く。
　どうしよう……今の私、きっとすごく変だ。
　教室の真ん中の席。
　この教室になって、自分の席以外には近づいたことがない。初めて入る領域。
　柊くんを取り囲むグループは男女みんながキラキラしていて、空気が違う。
　そんな空間に私が入ってもいいのだろうか。
　みんなの視線が怖くて下を見ながら、柊くんの席へと近づいた。

手には汗をかいていて、身体中が熱い。
「な、なんでしょうか……」
「緒方さん、このプリント終わった？」
　今まで彼の顔を見ただけで緊張していたのに、今日はこの状況で柊くんの顔を見ることができてホッとする。
　変わらない優しい表情で、私にプリントをヒラヒラと見せてきた。
「あ、うん。終わったよ」
　今日提出の課題。
　もちろん終わらせている。
「よかった。この問４なんだけどさ、俺も自信なくて。今こいつに教えているんだけど、この解き方で合ってる？」
　教室のど真ん中で、柊くんに声をかけられて、運動も勉強も完璧(かんぺき)な柊くんに勉強のこと聞かれてる!?
　おかしいよ……。
　私より絶対、柊くんの方が勉強できるはずなのに。
　周りでは女子たちがコソコソと話しているのが見える。
　完全に目をつけられてる。
　頭の中はパニックでパンクしそうだけど、それでも私はプリントに必死に意識を集中させる。
「……うん。私もこの解き方を使ったよ。答えも同じ」
　幸い、その問題は私もちょっと苦戦してすごく調べたところだったからよく覚えていた。
「よかった〜、なら安心だわ」
　柊くんはホッとしたように笑うと、「ありがとう」と優

しくそう言った。
　数日前まではすごく緊張していたのに、柊くんが笑いかけてくれるたびにホッとする。
「へー！　緒方さん数学得意なの？」
　突然、柊くんの正面に座っていた男の子にそう話しかけられて、びっくりする。
　しかも、私の名前、知っててくれてる。
「何言ってんの。緒方さん、毎回テストで学年20番以内に名前入ってて張り出されてるよ。ね、緒方さん」
「え、あ、えっと……は、はいっ」
　なんで、柊くんがそんなこと知ってるんだろうか。
　柊くん以外の男の子と学校で初めてしゃべったこと、教室で柊くんが話しかけてくれたこと。
　びっくりしすぎてどうにかなりそうだけど、単純にうれしい。
　──ガラッ。
「うわっ、あの子誰」
「めっちゃ派手なんだけど？」
「不良？　怖っ」
　柊くんとの会話によろこんでいると、教室のドアが勢いよく開いて、みんながそこに注目し出した。
『派手』『不良』
　そんな言葉、最近私もどこかで感じたような。
　柊くんもドアの方へ顔を向けたので、私も同じように目を向けた。

「おー！　静音ー！」
　目線の先にいたその人は私のことを見つけるなり、ズンズンと人をかきわけて、ボーッと突ったったままの私の方へとやってきた。
　うわわわわ。
　どうしようどうしよう!!
　今日は朝から、心臓が忙しい。
　なんのためらいもなく私の肩を組んできたのは……。
　この間、泉先生にめちゃくちゃ怒鳴られて私にぶつかってきたギャル、高城鈴香さんだ。
「え、緒方さん、あの不良と知り合い？」
「ちょ、柊くんが話しかけたのもビビったけどさ～マジどういう関係よ」
　あぁ。
　穴があったら入りたい。
　今すぐお家に帰りたい。
　高城さんには申し訳ないけど。
　こんなんじゃ、確実に注目されちゃうよ。
　今さっきまで、あの柊くんともしゃべってたんだから。
　――キーンコーンカーンコーン。
　あぁ。よかった。
　ＨＲ始まりのチャイムがタイミングよく鳴った。
　でも、チャイムが鳴っても高城さんは私の肩から腕を離してくれそうにない。
「あ、あの……高城さん」

「え、水臭いな〜！　うちら親友じゃん！　鈴香でいいよ！ね、静音！」
「えっ……」
　私はあまりにもびっくりして、目玉が落ちちゃうんじゃないかって思うくらい、目を大きく見開いてしまった。
　親友ってどういうことなの……高城さん……。
　そんなの初めて聞いたよ。
「え、あっと、その……」
　どうしていいかわからなくて、口をパクパクさせながら言葉にならない単語を発していると、柊くんと目が合った。
　た、助けて柊くん。
　おこがましいのは重々承知だけど、助けて！
　このままじゃ私……。
　その時……。
　私の顔を見て、柊くんが軽くうなずいてくれた。
　あぁ、よかった。
「高城さん、この教室来るの初めてだよね」
「ん、誰？」
　うわ……高城さん……学校の人気者に面と向かって、誰って……直球すぎだよ！
　女の子みんな怒っちゃうよ！
「あぁ、ごめん。俺、柊。高城さんのことは前に泉先生から聞いてたから」
「ふーん。それで？」
「あぁ、えっと……今の、HR始まりのチャイムだからさ、

席に座ってほしいなって。ほら緒方さんも困ってるから」
「あ、マジ？　なんだ、そうならそうと言ってよ、静音〜」
「ご、ごめんなさい。突然の高城さんの登場にびっくりして……」
「あはははっ！　登場って！　戦隊ヒーローかよ！　静音ウケる。あ、静音の席どこ？　私、静音の隣に座るよ。あと、鈴香って呼んでね」
「いや、あのね、席は決められてて……」
　高城さんのあまりのパワーにクラス中がシーンと静かになる。
　あぁ、ダメだ。
　完全に浮いてしまった。
　高城さん、悪い人ではないと思うけど……学校のシステムを知らなすぎだよ。
　——ガラッ。
「はーい、おはよ〜。ＨＲ始めるぞ〜」
　泉先生来ちゃったよ!!
「高城っ」
「やっほ〜」
「やっほ〜ってお前な……まぁいい。とりあえず席に座れ」
「よし。静音、座ろ〜ぜ〜」
　高城さんは、また私の肩を掴むと、私の席がある窓側へと向かった。
　いや、高城さんの席は廊下側なんだけどな……。
「おい高城！　お前の席は……」

あぁ、泉先生お願いですから、この状況から早く私を解放してください。
「悪いが、緒方、そいつお前のこと気にいったみたいだから一緒に座ってくれないか？」
「へっ!?」
　思わず変な声が出てしまった。
　何を言ってるの、泉先生。
　注意するのも面倒くさくなった!?
「いえーい！　ラッキーだね！　静音！」
「うぅっ」
　そう言って笑う高城さんは、やっぱりよく見ると可愛らしい顔をしていて、憎めないギャルだ。
　結局、高城さんの隣の席の男子が、高城さんの机を移動させてくれて。
　私の隣の席が、金髪ギャルの席となった。
「よろしくね〜！　静音っ！」
　これからの学校生活……一体どうやってすごしていけばいいのぉ〜〜。

「アハハハハハッ」
「ちょっと、笑いすぎだよ！」
「ごめんごめん。だっておかしくて……フッ」
「もう〜」
　お昼休み。
　いつもの特等席。

柊くんに、高城さんとの出会いから、今日急に親友宣言されたことまでを丁寧に説明すると、なぜか大笑いされた。
「俺だってびっくりしたんだよ？　静音がまさかあの高城と親友だったとは」
「だから親友なんかじゃないよっ！」
「アハハハッ、ごめん。慌てる静音が可愛くてさ。朝も笑うのを我慢するのに必死だったよ～」
　あれから、高城さんは教室移動も休み時間もずっと私の隣にいて、みんながこれまでよりも数倍離れてしまった気がした。もともと、ひとりぼっちだったけれど。
　お昼休みは高城さんが泉先生に呼ばれて、職員室に行ってくれたからホッとした。
　これで昼休みまで一緒じゃ、クタクタで休めなかったよ。
「柊くんは、高城さんのこと知ってたんだね」
「うん。入学式の前に体育館の外で指導されてるの見たことがあるんだ」
「そうなんだ」
「あの容姿だからよく覚えてるよ。……それより」
「ん？　……うわっ!!」
　突然、柊くんが私の胸まである髪をひと束取った。
「な、何……柊くん……？」
「朝から思ってたけど、静音の髪すごくいい匂いがする」
「え、そ、そうかな……自分じゃ全然わからないけど……」
　急に距離を縮めてくる柊くんにはまだまだ慣れない。
「ねぇ、こっち見てよ」

恥ずかしくて目線をそらしていると、くすぐったくなるようなささやき方で柊くんがそう言った。
　なんだかやっぱり、教室の柊くんとはちょっと違う。
「無理です……」
「なんで？」
　『なんで』って。すごく意地悪な質問だ。
　きっと、今の私の顔を見ればどうして見られないのか答えはわかってるはずなのに。
「だって……は、恥ずかしい」
「へぇ～恥ずかしいんだ？　静音」
　必ず名前を呼ぶところとか、ニヤッと上がる口角とか、みんなの前では優しくて王子様のような柊くんは、この時間だけ意地悪王子様になる。
「本当は今日の朝、静音に声かけたのを後悔した」
　柊くんの思わぬ発言に、天から地へと落とされた気分になる。
　あぁ、やっぱり……みんなに私としゃべってるところなんて見られたくなかった!?
　よろこんでた私のバカ！
　大バカ野郎‼
「ご、ごめんな……」
「静音が俺以外の男としゃべってるの見て、ちょっと嫌だなって思ったよ」
　それって一体、どういう意味でしょうか。
「あ、タコさんウインナーもらっていい？」

片手にクリームパンを持った柊くんは、私のお弁当箱に目を向けて首を傾げた。
「うん……」
　私が小さく返事をすると、うれしそうにタコさんウインナーをつまんで口に放り込んだ柊くん。
　何やってもカッコいいなぁ。
　顎を少し上に向けてウインナーを食べる彼。
　横から見るフェイスラインはすごく綺麗だ。
　二重顎なんて単語すら知らないんだろうな。
「あ、ひと口食べる？　タコさんのお礼」
　柊くんはそう言うと、袋から半分顔を出しているクリームパンを私に見せた。
「ごめん。食べかけ、だけど。クリームが出てくるから、このままかじって」
　そんなこと言われちゃったら意識しちゃうに決まっているのに。
　柊くん、きっとわざとそう言ってるんだろうな。
「あ、さすがに嫌だよね〜食べかけなんて。ごめんごめん」
　答えに困ってる私に柊くんが、苦笑いでそう言った。
　あぁ、柊くんのせっかくのご厚意を。
　嫌だなんて思うわけない！
　だって相手はあの、柊くんだ。
「えっ！　いや、あの、違くて！」
「ん？　違うの？」
「う、うん。……い、いただきたいです」

柊くんが持ってるこのクリームパン、実はうちの学校の購買で一番おいしいと言われている有名なパンだ。

　味、ずっと気になってたんだ。

　それに、柊くんみたいに男女関係なく人気がある人なら、こういうこと、誰とでも当たり前にできそうだし……。

　うん。

　気にしない気にしない。

　ただ、私がかじっちゃっていいのか少し不安だけど。

　目の前のクリームパンは表面がピカピカしてて、見てるだけでヨダレが出てくる。

　おいしそう。

「どうぞ」

　優しくクリームパンを差し出す柊くん。

「い、いただきます」

　小さくそう言ってから、クリームパンをひと口かじった。

　口に入れた瞬間、ふわふわのほのかな甘みのあるパンと、滑らかで濃厚なクリームが口の中で広がる。

　すごい……こんなクリームパン、食べたことないよ！

　すっごくおいしいっ!!

　すぐに売りきれてしまうから、なかなか買えないと噂のクリームパン。

　そんな貴重なものを……柊くんは私にひと口くれた。

「ひ、柊くん！　すっごくおい……」

「静音」

　突然、柊くんの顔がドアップになったかと思うと、彼の

親指が私の唇のすぐ横に触れた。
「ひ、柊くん……？」
「静音」
「は、はいっ……」
　やっぱり、面と向かって名前を呼ばれると、とたんに心臓の鼓動が速くなって顔に熱をもってしまう。
　慣れないな……。
「今の、間接キスって言うんだよ」
　へ!?
　そう言われて、私は身体中の穴から湯気が出ちゃうんじゃないかと心配になるほど熱くなる。
　今、柊くんなんて!?
　私が考えないようにしてたことを……。
　あんなにもサラッと……。
「照れすぎ」
　柊くんはそう言って、親指で拭った私の口もとについていたらしいクリームをペロッとなめて、ちょっと意地悪な笑みを浮かべた。

「来週の遠足に向けてのグループ決めを行います。各グループ男女ふたりずつのグループを、話し合いで作ってください」
　今日、最後の授業。
　学校生活で行われることで一番嫌いなことが今まさに、起こってしまった。

遠足……。
グループ決め……。
響(ひび)きを聞くだけで胃がキリキリと痛む。
行事はもちろん苦手(にがて)だけど、それまでのこういう決めごとがいっちばん苦手。
必ず、もう出来上がってるグループにひとりだけ先生の指示で強引に入れさせられたり、先生が『緒方さんもどこかのグループに入れてあげてください』ってクラスのみんなに注目される仕方で言ったり。
とにかく、私が一番嫌いなこういう時間。
あぁ、もう、早く過ぎてと願うばかり。
「遠足って、どこ行くの!?」
突然、横から興奮した声が聞こえたので顔を向けると、椅子から離れた高城さんが私の肩をユラユラ揺らしながら聞いてきた。
圧がすごい……。
そして……高城さんがしゃべるたびにチラチラと向けられるクラスメイトの視線が痛い。
友達なんてもう絶対できないよ……。
「ねぇ、静音！」
その声で、飛んでた意識がハッと戻る。
「あ、ごめんっ……えっと……自然公園……かな」
この間もらった年間行事計画のお便りに、そう書いてあった。
２年生の遠足が自然公園なのは、もうこの学校では長い

間変わっていないらしいし。
「自然……公園？」
　何やらむずかしい顔をした高城さん。
　あぁ、やっぱりギャルだからそういうの嫌だって怒りだすんじゃないかな……。
　都会で買い物したいって言いそう、なんて勝手な偏見を心の中で呟いてしまう。
「サルとかいる!?」
「え……いや、サルは……いないんじゃないかな」
　あ！　と思いついたように発せられた高城さんの質問にびっくりして、控えめに答える。
　サルって……まさかのセリフにプチパニックだよ。
「サルいないんか～」
「あ、でも池ではボートがタダで乗れるらしいよ。アヒルにエサもあげられるの」
「は！　何それめっちゃウケるんだけど！」
　高城さんはなんだか目をキラキラさせながらそう言った。
　今の……面白い要素あったかな……。
　でも、よかった。
　高城さんが自然公園ってワードにキレなくて、ホッとしてる。
「じゃあー、私と静音ペアね？」
「えっ!?」
　肩を組んできた高城さんのセリフに驚いて、私は少し大

きな声で反応する。
「え、何。静音もう誰と組むか決まってんの?」
「いや……そうじゃないですけど……」
　あぁ、ここで断ったら絶対キレられるか、傷つけちゃうかの両方だよ。
　高城さん、なぜか私の隣にくっついて離れないし……。
「高城さんは……私なんかでいいの?」
　周りがザワザワとグループ決めをしていくなか、私はただじっと自分の席に座ったまま高城さんに問う。
「はぁ〜? だ〜か〜ら! 静音でいいって言ってんじゃん! なんでそんな浮かない顔してんだよ! 私は静音とボートに乗ってアヒルにエサやりたい! それだけ! 静音は?」
　見た目だけで、周りが彼女を見た時の反応だけで、関わらない方がいい、危ない人なんじゃないかって思った。
　でも……。
　今、まっすぐはっきりと私といたいと言ってくれたことに、なんだか今まで味わったことないうれしさが込みあげてきて、彼女は私が思ってるより、みんなが思ってるより、悪い人じゃない気がして。
「あと、鈴香ね」
「うん。よ、よろしく……鈴香ちゃん」
　私は、目の前の金髪少女にそう言った。
「もしよかったら俺のグループに入ってくれない?」
　予想外の展開にびっくりしている私に、誰かが話しかけ

てくる。
　今、起こってることは現実なのか……。
　目の前には首を傾けながら遠慮がちにそう言う柊くんがいた。
　その横には、クラスメイトの土田想太(つちだそうた)くんが立っている。
　何これ……。
　クラスの大半がこちらに注目してる。
　いや、私が一番わかってます！
　おかしいよ!!
　なんで人気者の柊くんのグループに私が入るわけ!?
「お〜ラッキーじゃん！　よろしく〜！」
　鈴香ちゃんは軽く手を上げてふたりにそう言った。
　いやいやいや！
　ラッキーじゃなくて！
　よろしくじゃなくて！
　見てよ！　ほかの女子たちの視線を！
　こっちを見てコソコソ話してる。
　絶対に悪口言われてるよ。
　なんであの不良と、とか。
　なんであの地味女と、とか。
「緒方さん」
　みんなの目線が怖くて、席でうつむいていると、突然私の前でしゃがみ込んだ柊くんが目線の先にぱっと映った。
「柊くん……」
「すっげー楽しみだね」

柊くんは、びっくりするくらいあったかい笑顔でそう
言ってくれた。

第 4 章
遠足

そしてやってきた遠足当日。
　学校指定の紺色のジャージの上からリュックを背負って。
　いつもと違う格好と周りの雰囲気には、やっぱり緊張してしまう。
「おはよっ、緒方さんっ！」
　目的地に向かうバスが来るのをたくさんの生徒に混じって生徒玄関前で待っていると、うしろからポンッと軽く肩を叩かれて名前を呼ばれた。
「うわっ、お、おはよっ！　柊くんっ」
　朝から爽やかな笑顔を振りまく柊くんが、たくさんの友達に囲まれていたのを私は陰から見ていた。
　探して……来てくれたのかな……。
　なんて、柊くんがあんまり優しいものだから変な期待をしちゃう。
　それにしても……学校指定のジャージでも絵になるくらいカッコいいからすごいと思う。
　制服じゃないいつもと違う格好の柊くんの姿は、私の胸をキュンとさせた。
「ねぇ、静音」
　突然、耳もとでささやかれた下の名前に身体がビクッと反応して、くすぐったくなった耳を慌てて手で塞ぐ。
「いい反応するね」
　そう言う柊くんの方へ顔を向けると、可笑しそうにこちらを見て笑っていた。

またからかわれてる……。
「柊くんがいきなり名前で呼ぶから……」
　下の名前で呼ぶのはふたりきりの時だけなのに。
　それに、もしほかの人に聞かれてたら、柊くんとの関係を怪しまれるよ。
　まぁ、私と柊くんが何かあるわけないんだけど。
「俺、緒方さんのそういう反応、結構好きなんだよね」
「……っ、」
　不意打ちで名前を呼ぶところとか、『緒方さん』に戻ってることとか、ずるいよ柊くん。
「公園に着いたらさ……」
「いた!!　静音みっけた!!」
　大きなその声で、柊くんの声が遮られてしまった。
　私の名前を呼びながら、人混みをかきわけて、うしろの方に立ってた私に近づいてきたのは……。
　言うまでもない……。
「お、おはよう……鈴香ちゃん」
「おはよ！　ねぇ！　ちょっと見て！」
　鈴香ちゃんはジャージの上着を腰に巻きつけて、ボトムスの裾をくるくるとふくらはぎまで巻いた、あからさまに着崩した格好。
　そんな格好で持ってたリュックのチャックを開け始めた。
　クラスメイトはちょっと変わったギャルの鈴香ちゃんに、慣れつつあったけど、今はほかのクラスの人たちも同

じ場所で待機中。
　やっぱり、派手な鈴香ちゃんはみんなの注目の的となってしまっている。
「ジャーーーンッッ‼」
　そう言って、ドヤ顔でリュックの中を見せてきた鈴香ちゃん。
　中をのぞく必要なんてなくて、パッと見ただけでお菓子がリュックからあふれそうなくらい入っているのがわかった。
「え、鈴香ちゃん……それ……ひとりで食べるの？」
「はー？　何言ってんの！　バスの中で静音と食べるんだよ！　静音の好きなやつわかんなくてちょっと持ってきすぎたけど。つーことで、静音の隣は私が座るからな〜！」
　鈴香ちゃんはそう言うと、柊くんをキッとにらんだ。
　いやいやいや！
　なんで柊くんをにらんじゃうの！
「はいはい。わかったよ。そのかわり、お菓子俺にもちょっとくれない？」
「はぁ？　……っ、……う、わ、わかった。わかったから絶対に私が静音の隣だからね！」
　お菓子、あんなにたくさんあるのにあげたくないんだな。
　ギャルで一見(いっけん)怖そうな鈴香ちゃんだけど、案外ちょっと子どもっぽくて可愛いな、なんて思いながら笑いそうになるのを堪えた。

「も〜！　ほんと意味わかんないっ！」

　乗り込んだバスが少し動き出した時、うしろの席から不機嫌(きげん)な声でそう言うのが聞こえた。
「仕方ないじゃん。柊も乗り物弱いっていうし」
「だからって、なんであんたまで窓側なのよ！」
「俺も弱くてさ……ごめん」

　うしろから聞こえる、土田くんと鈴香ちゃんの会話にただ耳をそばだてることしかできない。

　私の隣は鈴香ちゃんのはずだったけど、まさかの男子ふたりが乗り物酔(よ)いするという事実が判明。

　窓側の席には男子が座ることになり、私の隣には柊くんが座っているというまさかの事態。

　鈴香ちゃんはムスッとしたまま、土田くんとふたり私たちのうしろに座っている。

　チラッと隣に目をやると、脱いだジャージで顔を隠したまま窓の方に頭を置いた柊くん。

　バスが動き出してまだ5分。

　本当にダメなんだ……。

　普段ならふたりきりだとよく話してくれる柊くんが大人しいから、ちょっとだけ寂しい。

　なんて。

　きついって寝てる人を横にひどいよね……。

　時々、窓の外を見ようとするけど寝てる柊くんがどうも視界に入って、やっぱり目がいってしまう。

　窓の縁に置かれた柊くんの手とか……。

綺麗な爪の形と程よい指のゴツゴツ感は彼が男の子だってことを改めて実感させる。
　このジャージの下では……どんな顔をして寝ているんだろう。
　なんて、私の分際でこんなこと考えちゃダメだ。
　柊くんの隣ってだけで、誰もが羨む席なのに。
「静音っ」
　うしろを振り返ると、席から顔をちょこんと出した鈴香ちゃんがチョコレート菓子の箱を差し出していた。
「あ、ありがとう」
　たっくさんお菓子が入ってた鈴香ちゃんのリュックを思い出して、少し胸が痛くなる。
　楽しみにしてくれてたのに。
「全部もらって。柊にも、食べられるんだったらあげて」
　箱の袋から１本もらおうとしたら、鈴香ちゃんはそう言って箱ごと私に渡してからすぐに顔を引っ込めた。
「鈴香ちゃん、ありがとうっ」
「いえいえ〜」
　顔が見えないままそうやりとりをして、私は身体を前に戻す。
　鈴香ちゃんって、自由人で変わってるイメージだったけど、気遣いできる優しい人なんだな……。
　バスに乗る前は、柊くんにお菓子をあげたくなさそうだったのに。
　けど……。

これどうしよう。
　お菓子のパッケージを見つめて、それから目線を柊くんに向ける。
　声かけた方がいいのかな？
　でも柊くん、寝ているし……。
　んー……。
　とりあえず、小さく名前を呼んでみよう。
　それで起きなかったら、柊くんの分を残しておけばいいよね。
「……ひ、柊くん」
　小声で、頭の上からジャージをかぶる彼の名前を呼ぶ。
　だけど、ピクリとも動かない。
　やっぱり、無理矢理起こしちゃうと可哀想(かわいそう)だよね。
　起こしても、食べられるくらい具合がよくなっているかわからないし。
　ひとりで食べよう。
　２袋入ってるうちのひとつを取り出して、チョコがけのお菓子を１本とる。
　――パキッ。
　口に入れて噛(か)んでみると、お菓子がいい音を出して折れる。
　んー、おいしい〜。
「……ひとりで食べておいしい？」
　聞きなれた声がすぐ横から聞こえたので、慌てて横を向く。

「柊くんっ！　起きてたの？」
　ジャージで顔の周りを包んでる柊くんはいつものカッコいい彼とは違って、かなり可愛い。
　そして、顔がちょっと不機嫌だ。
「静音の声がして起きた」
　ぎゃっ！　やっぱり、寝てるところ起こしちゃったから不機嫌なのかな!?
「ご、ごめんなさいっ！」
「なんで謝るの。俺にも分けようとしてくれたんでしょ？　それ」
　柊くんはそう言いながら、私の持ってたお菓子の箱に目線を落とす。
「あ、うん。だけど、柊くん食べられるかどうかわかんなくて……やっぱり起きてから聞こうと……」
「食べたい」
　柊くんは、まっすぐ私を見てそう言った。
　私を離そうとしない柊くんの目は、私の胸の鼓動をいつも速くさせてしまう。
　そんなに見つめられちゃったら、緊張するよ。
「あ、えっと、どうぞ……」
　私はそう言って、開いていないもう1袋を柊くんに差し出す。
「違うよ……」
「え？」
「そっち……」

「ちょ、っ」
　柊くんは突然、チョコがコーティングされたお菓子を持っていた私の腕を掴んで自分の方へ引き寄せた。
　——パキッ。
　私がひと口食べたそれを、いい音を立てて口に入れた。
「っ！」
「静音、顔赤すぎ」
　だ、だってだってだって！
　これじゃまた……。
「早く食べなよ、静音」
　３分の１ぐらいになったお菓子をジッと見つめていると、柊くんが意地悪な笑顔を見せながらそう言った。
　柊くん、絶対わざとだ。
　この間のクリームパンから始まり……。
　こういう慣れないことを平気でしてくる。
　もう……。
　何も考えない考えない。
　心の中でそう唱えながら、残りを口に入れると、
「また間接キスだね」
　座席の上で体育座りをしている柊くんがそう言った。
「……ち、違います」
「違くないよ」
「違います」
「照れると敬語になるところとか、静音ホント可愛いね」
「柊くんは……」

「ん？」
　首を傾げて声を出す仕草が可愛くて、負けそうになる。
「柊くんは、すぐに可愛いって言うから」
「うん」
「あんまり信じられない。私、可愛くないし」
　お世辞で言ってるのはわかってる。
　だけど、心の中でやっぱりどうしてもうれしくなってる自分が嫌だ。
　柊くんが私以外の誰かにそう言ってるのを聞いちゃったら、そんな資格ないのにショックを受けちゃいそうで。
「俺、静音にしか言わないよ」
「嘘……」
「本当だよ」
　わからない。
　こういう時、どういう反応をするのが正解なんだろう。
　もちろん、可愛いなんて言われたことないもん。
　返事に困っちゃうし、柊くんの言ってることが本当なら、目が悪いんじゃないかと思う。
「柊くん……視力いくつ？」
「フッ……」
「なんで笑うのっ」
　突然吹き出した柊くんにすぐつっこむ。
「ごめん。俺の視力を疑うっていう発想が可愛くて」
「あ、また言った」
　おかしいよ。

ふざけてるとしか思えない。
「本当にそう思ってるから言ってるんだよ。視力、結構悪いかな。だけどコンタクト入れてるから日常生活に支障はないよ」
「本当に？」
「すごく疑ってるね」
「うん。疑ってる」
「ほら、近くで見たらコンタクトの縁が見えると思うよ」
　柊くんはそう言って、自分の目を私の方へ少し近づける。
　縁ってことは、コンタクトの丸い線が見えるってこと？
　私は、柊くんの目はちゃんと見えてるっていう証明を必死に探す。
　…………。
　ん〜よくわかんないな。
「ね〜静音、気づいてる？　俺たち今、すごい至近距離で目が合ってる」
　そんなこと言われたらまた意識しちゃうじゃん。
「ごめんね。嘘だよ。俺、裸眼で両目1.5だからコンタクトなんてしなくても静音の必死な顔がよく見えてる」
「えっ!!」
　顔はカァァッと熱をもって、私は慌てて柊くんから顔も身体も一気に離した。
「柊くんの意地悪っ」
「アハハハッ、ごめんごめん。怒んないで。可愛くてつい」
「謝ってもダメだよ！　可愛いって言ってもダメ！」

熱をもつ顔を、手で押さえて必死に冷まそうとするけど効果が全然ない。

side 絢斗

「あ、柊くん体調大丈夫?」

　思い出したように俺の顔をのぞく静音。

　本人は可愛くないって言うけれど、相当タイプなんだよな。彼女の顔。

　不意打ちで心配そうに眉毛を下げながらこちらを見る静音にまた「可愛い」なんて言いそうになるのを必死に堪える。

「うん。ありがとう。よくなったよ。隣が静音だから」

「っ、また変なこと言って……」

　人と話すのに慣れていなくて、からかうとすぐにムスッとしちゃうところとか。

　愛(いと)おしくて仕方がない。

　中庭でひとり、毎日「いただきます」と声に出してお弁当を食べる彼女のことを好きになるのに、時間はかからなかった。

「ねぇ、静音」

　今、彼女のことを下の名前で呼べていることに、俺がかなり舞いあがっていることは、多分彼女も、いや誰も知らないだろう。

「公園着いたらさ、一緒にボート乗ろうよ」

　そんな提案をしただけで、また顔を赤くするところとか。

　もっともっと近づきたくて、触れたくて、仕方なくなる。

「ボ、ボート？　私と、柊くんが?」

「嫌?」

「へ！　ううん、ううん！　嫌じゃないっ」
　静音は優しいから、頼まれたら断れないことを俺は知っている。
　彼女のそういう優しい性格を、俺は利用しているのかもしれない。
　だけど、それでも彼女のことがほしいって思うよ。
　２年になってやっと同じクラスになれて。
　初めて目が合って。
　この日を逃したら、一生話しかけられないかもって思って。
　これでも勇気を出して声をかけたんだ。
　それなのに……。
　静音は多分、俺の気持ちにまったく気づいていない。
　今告白したら確実に振られるのはわかってる。
　真面目な静音はきっとすごく悩んでくれるはずだけど、それじゃ嫌だって思う。
　彼女にも俺がほしいって思ってもらいたいし、俺が必要だって感じてほしい。
　まぁ、だからって自分は乗り物酔いする体質だって人生で初めて大きな嘘をついた罪悪感は凄まじい。
「静音、しりとりしよっか」
　少しでも意識してよ。
　人と話すのに慣れていなくて真っ赤になるんじゃなくて。
　俺といるから真っ赤になってほしいよ。

「しりとり？」
「うん。静音からでいいよ。しりとりのりから」
「あ、えっと……り、りんご」
「ゴリラ」
「ラッパ」
「パンダ」
「……あ、ダンスッ」
　横目でチラッと彼女を確認する。
　しりとりだけですごく真剣な顔をして考えるもんだから、笑いそうになる。
　俺は口もとを手で隠しながら目を窓の外に向けた。
　彼女を振りむかせるのには、まだまだ時間がかかりそうだ。
「……スキ」
　思わず漏れてしまった心の声も。
「スキー……か。ん〜あ！　きのこ！」
　ほらね、全然気づいてない。
　俺はずっと前から君のことがスキなんだよ……。

「ん〜！」
　目的地の公園に着いてバスから降りると、静音が小さく伸びをしてるのが見えた。
　あぁ、伸びをしてるだけでずっと見てられるって思っちゃうから俺は重症だ。
　——バシンッ!!

突然、お尻に強い痛みが走った。
　なんだ!?
「っ、高城……」
「なーにが男ふたりそろって乗り物酔いよ！」
　そこには、痛がる俺を見下ろすようにこちらを見てる高城が仁王立ちで立っていた。
　こ、こいつ……。
　多分、さっきの痛みは高城の蹴りだ。
「悪かったって！　土田まで乗り物酔いする奴だとは知らず……」
「私の青春がまたひとつ消えた！」
　青春って……。
　今まで学校にも全然来てなかった人がよく言うよ。
「でも高城、俺にもお菓子くれたじゃん。ありがとう。この借りは絶対返すって」
「うぜぇ。起きてたのかよ」
「ハハッ、ごめん」
　最近の俺はなんだか謝ってばかりだ。
「土田くん、大丈夫？」
「あぁ、ありがとう。緒方さん」
　静音の声がして振り返ると、まだ気分が悪そうな土田に、水の入ったペットボトルを静音が渡していた。
　普段は人見知りで誰とも話さないのに。
　学校の外だからなのか、静音がほかの男子と話してることがすごくレアで。

なんだか少し気に食わなかった。
　あの水、静音の飲みかけじゃないだろうな?
「土田、大丈夫か?」
　体調が悪い土田に勝手にムカついたのはちょっと申し訳なかったので、声をかける。
「あぁ、ごめんな」
　いや、乗り物酔いだと嘘ついた俺の方が謝らないといけない気がしてならないんだけど。
「ベンチあるからあっちで休んだらいいよ」
「あ、俺が連れてくよ。先生にも報告しとく。ふたりは先にみんなのところ行ってな」
　危ない。
　静音が土田の手を取ろうとしたので、慌てて俺が土田に駆け寄った。
　周りの女子は「さすが柊くん」とか「仕事が早いよね～」なんて感心してるけど、これには静音への下心しかないなんて誰ひとり知る由もない。
「ごめんな柊……」
　きつそうな声で俺の肩を借りながら謝る土田。
「いいって……」
「だけど……なんか意外だな」
「え?」
「ううん。なんでもない……」
　なんだ?
　土田はそれ以上しゃべらなかったけど、何が意外なんだ

ろうか……。

「いや、本当にお騒がせしました」
「べつに誰も騒いでねーけどな」
「ちょ、鈴香ちゃん！　心配したよ！　よかった土田くん元気になって」
　30分間の自由時間のあと、グループで行うウォークラリーには土田の体調もよくなっていた。
　っていうか……。
　正直、土田の体調よりも静音の方が気になる。
　いつもおろされているブラウンヘアが、ポニーテールになっているからかもしれない。
「なぁ、緒方なんかいつもと違くね？」
「さっきまで髪おろしてたよな」
　ほら。
　違うグループの男子さえも気づいているんだ。
　こいつら、いつもは全然静音のことなんて見ちゃいないのに。
「緒方さん、ポニーテールだ」
　おい土田。
　こんなにお前が邪魔(じゃま)だと思った日はないぞ。
　静音本人に直球で聞くんだもんな。
「ふふーんっ！　私がやってあげたんだよ〜！　静音、顔ちっちゃいから絶対似合うって思って！」
　やっぱり高城の仕業(しわざ)か。

きっとさっきの自由時間の間にやったんだろう。
　正直……可愛すぎてやばい。
　ただでさえ、いつもと違う萌え袖のジャージにドキドキしてるっていうのに、それにプラスしてポニーテールとか。
　高城、よくやったっていう気持ちと、何してんだよ高城って気持ちが入りまじって自分でもよくわからない。
　俺だけならよかったのに。
　今の静音のことをほかの男が見てると思うとまたイラついてしまう。
「どうよ、柊！」
　ドヤ顔で俺の名前を呼ぶ高城に余計ムカついた。
　俺らしくないけど、それくらい静音ひとりのことに心が乱されているってことだ。
「ふーん。いいんじゃない。それより早く行こ。お昼時間なくなるぞ」
「はー？　何その反応〜。面白くな」
　ムスッとした高城を置いて歩き出そうとした瞬間。
　静音とバチッと目が合ったのに。
　すぐにそらされてしまった。
　まちがえた、そう思った時にはもう遅かった。
　静音はあれから全然俺の方を見てくれない。
　わかってる。
『可愛い』
　素直にそう言えばよかったのに。
　できなかった。

「ポニーテールは柊の好みじゃねぇの？」
「はっ」
　駆け寄ってきて横から小声で話しかけてきた土田に思わず声をあげる。
「素直に言ってあげればよかったのに。似合ってるって」
「なんだよ急に」
　俺の気持ちが土田にバレてるわけないのに。
　なんなんだよこいつ。
　もともと土田とはいつものグループが一緒なわけじゃない。
　いつもは３人グループで行動している土田がどこのグループにも入っていなかったから声をかけただけで。
「やっぱり、柊って緒方さんのこと好きだよね」
　っ!?
　やっぱりってなんだ？
「去年から同じクラスだし、俺なんとなく勘づいていたよ」
「えっ」
「でも、全然動き出さないからみんなにバレたくないのかな〜って思ってて。でもこの間から急に積極的だからやっぱりなって」
「…………」
「何も言わないってことはそうなんだ」
「そうだったら何」
　土田は何も悪くない。
　だけど、さっきの今だ、俺のよくわからないこのイライ

ラはなかなか治らない。
「ちゃんと言ってあげたら？」
　自分でわかってることを他人から言われるのは、あまり気持ちのいいことじゃない。
　今まで、どんなことも難(なん)なくこなせていたのに。
　静音のことになるとどうも気持ちが乱れるな。
「わかってるよ。ちゃんと言う」
「うん。その方が俺も都合がいい」
「え、？」
「いや、なんでも。……あ！　高城さんたち〜！　チェックポイントあったよ〜！」
　土田は言葉を濁(にご)したまま、振り返ってふたりに声をかけた。
　なんだよ。
　都合がいいって……。
　ん？
　もしかして……土田って……。

side 静音

　あぁ、バカみたい。
　なんで落ち込んでいるんだろう。
　自由時間、鈴香ちゃんが私の髪を、触りたい！　なんてワクワク顔で言うから、触らせていたけど。
　同じクラスの女の子たち数名にも声をかけられて、ちょっと舞いあがってる自分がいた。
　いつもお世辞で『可愛い』って言ってくれる柊くんのことだから、もしかしたらって。
　ほんっとバッカみたい。
　顔の整ってる柊くんや、可愛い顔した鈴香ちゃんと一緒にいたから、感覚がにぶってしまっていたんだ。
　ちゃんと鏡を見直そう。
「鈴香ちゃん……これ、外していいかな？」
　そうだよ。
　私は可愛くない。
　こんなことしたってなんの意味もないんだ。
　地味な私が頑張ったって見苦しいだけだ。
「え、なんで？　静音はポニテしたら頭痛くなるタイプ？」
「いや、そういうわけじゃないんだけど……」
「じゃあ何よ」
　もともと可愛くて好きな格好が思う存分できる鈴香ちゃんにきっと私の気持ちなんてわからないだろう。
「……変、だから」
「変？　何が？」

「……私みたいなのが、こんなこともしても似合わないし、変だから」
「はぁ？ 誰かに言われた？ さっき、あの子たちにいいねって褒められたばっかじゃん」
「んー……」
「ダメだよ〜今日は一日その髪型でいるの！ お菓子のお礼にってさっき約束したよね〜？」
「あっ」

そうだ。

鈴香ちゃんがあんまりお菓子をくれるものだから、私も何かあげなくちゃと思って考えてたんだ。

『それなら一日その髪型でいてよ』って言われちゃったっけ。

だけどやっぱり……。

「あ！ ヤギー！ ヤギだヤギ！ ねぇ、土田！ これってエサあげられるの？」

柊くんとふたりでヤギ広場を見てた土田くんに、鈴香ちゃんが声をかけた。

「エサあるみたい。けど金とるらしい」
「マジか〜ヤギなのに金とるんか。ってか遠足のしおりでよくない？ ヤギって紙食べるんでしょ？」
「高城さん、それはやめてあげよう。俺と割り勘でひと袋買おうぜ」
「おぉ！ それならいいよ！ ラッキー。じゃ、ちょっと買ってくるわ！」

「え、ちょ、鈴香ちゃんっ」
　土田くんと鈴香ちゃんはそう言って、エサ売り場へと向かってしまった。
　よりによって……こんな空気の時に……。
「来たことある？　ここ」
　柊くんが私の隣にやってきた。
　柊くんは悪くない。
　柊くんはクラスメイトのひとりである私にいつものように接してくれただけ。
　それなのに、さっきの反応だけで彼との距離がすごく遠くなった気がしていた。
「小さい時に何回かママと友達と来たかな。中学に上がってからは来たことないかも」
　小さい頃はよく、悠ちゃんも一緒に来た。
　あの頃は芝生の広場が目の前に広がってるだけでワクワクして走りまわったものだ。
「友達……」
「あ、うん。ひとりだけいるの。年は離れてるから学校が一緒になったりしたことはないんだけど、家が隣で」
　やっぱり、私は友達いないように見えるよね……。
「幼なじみ、か」
「そんなとこです」
「…………」
　沈黙が流れる。
　気まずいっ。

でもきっと、気まずいと思ってるのは私だけだよね。
　なんか話しかけないと……。
　って……。
　なんで私、こんなに必死なんだろう。
　まるで、柊くんに嫌われたくない、みたいな……。
「静音」
「は、はいっ」
　ボソッとささやかれた声に大げさに反応してしまう。
「これ終わったらさ、乗ろう。ボート」
「え……。あ、うんっ。私でよければ……」
　まさかのセリフに思わず固まってしまった。
　柊くんはどうして、私のことをかまってくれるんだろうか。
　誰からも興味をもたれない私に、どうして近づいてくれるんだろうか。
　あ、そういえば……。
「柊くん、乗り物酔いするのにボート乗っても大丈夫なの？」
　私がそう聞くと、柊くんは「え、あぁ……」とあいまいな答え方をしてこめかみをかいてから、口を開いた。
「静音となら大丈夫」
「な、っ」
　また柊くんはそういうことを……。
　柊くんにとってはなんともないことでも、私はすぐにその気になってうれしくなっちゃうんだから。

簡単にそんなことを言うなんて。
　ひどいよ……。
　ウォークラリーを無事に終えて、私は柊くんと一緒にボートのある池の方へ向かった。
「柊くん、緒方さんと乗るの？」
「私たちと乗ろうよ！」
　池に着くと、すでに来ていた女の子たちが柊くんを見てそう言った。
　そうだ。
　柊くんは人気者。
　本来なら私のような人間が隣を歩いちゃいけない存在。
　なんとなく、柊くんとの距離を広げようと２歩うしろに下がる。
「あー、ごめん。もう緒方さんと乗るって決めたから！」
「わっ」
　柊くんは、うしろに下がろうとした私の腕を引っぱってからその手をそのまま自分の手に絡めて、彼女たちに見せるようにした。
　いわゆる……。
　恋人つなぎというやつだ。
　雑誌なんかで見たことある。
　カップルが手をつなぐ方法。
　それをどうして……。
「え、何、柊くんと緒方さん、付き合ってるの!?」
　女子たちが騒ぎ出してそう言う。

何を言ってるんですか、そんなわけないじゃないですか‼
「ち、違います！　全然違います！　とんでもない！　違います！　ひとりぼっちの私を柊くんが気を遣ってくれただけで……付き合ってないです！」
　慌てて、誤解を解く。
「あぁ～だよね。びっくりした～。柊くんまぎらわしいんだよ～。それにしても優しいね」
　女の子たちはそう言うと、うしろに隠れてた女の子のことを突っついたり「よかったじゃん」なんて声をかけてる。
　あれは……。
　私の前の席の高野さん。
　たしか……柊くんのことが好きだったよね。
　好きな子が近づけないのに、私が柊くんと一緒にボートなんか乗ってもいいのだろうか。
「あ、柊くん。お昼、アリサが話あるみたいなんだけどいいかな？」
　同じグループの小野さんが高野さんの代わりにそう聞く。
「あぁ、いいよ。じゃあお昼ね」
「アリサやったね」
「う、うんっ。ありがとう。柊くん」
　高野さんはホッとした顔をして軽く会釈して、グループのみんなと広場へ向かった。
　高野さん……本当に柊くんのこと大好きなんだな。

彼女でもない私が隣を歩くなんて、ほかの柊くんを好きな子たちが見ても気持ちよくないに決まってる。
「柊くん……」
　みんながいなくなって、静かに彼の名前を呼ぶ。
　なぜか急に不安になった。
　すぐにでも柊くんがどこかに行っちゃいそうな気がした。
　——ギュッ。
　っ!?
　まるで、私の気持ちを察したみたいに。
　柊くんは黙ったままだったけど、つないだ手を優しく握ってくれた。
「行こっか」
　柊くんのその声にうなずいて、私たちはボート乗り場の方へ向かった。

「あ！　アヒル！」
「本当だ〜」
「可愛い……」
　ボートを漕ぎながら、ゆっくりと池の周りにいる生き物を眺める。
　なんか癒されるなぁ。
　そして……正面にはボートを漕ぐ、柊くん。
　絵になる。
　ジャージでボートに乗ってるだけでこんなに絵になるな

んて、きっと柊くんくらいだ。
「静音」
　池や周りの景色をグルグル見ていると、オールを漕ぐ手を止めた柊くんが私の名前を呼んだ。
「なんでしょうか……」
　若干、あの柊くんに名前を呼ばれていることに慣れているのが怖い。
　そして、毎回呼ばれるたびに柊くんの口から何を言われるのか怖い。
　いつ、その目をそらして「もう遊びは終わり」って言われちゃうのか。不安だ。
　バカみたい……。
「すっごい似合ってるよ、その髪」
「えっ」
　まったく思ってもなかった柊くんのセリフに私は目をパチパチとさせる。
「すぐに伝えたかったのに……なんか、ヤキモチの方が先に来ちゃって」
「ヤ、ヤキモチ？」
「静音がほかの子たちに話しかけられたり、静音に注目する人が増えたり……そういうの静音にとってはいいことなのに。俺だけでいいじゃんって思ってる自分がいた」
　柊くんはどうしてそうドキドキすることを簡単に言えるんだろうか。
「もしよかったら……これからも仲良くしてほしい。どの

子よりも一番」
　わからない。
　柊くんがなんでここまで私のことを考えてくれるのか。
　少しだけよぎったこともある。
　もしかしたらって……。
　でも、やっぱりそれはおかしなことだもん。
「私でよければ、仲良くしてください」
　私も軽く頭を下げた。

side 絢斗

『仲良くしてください』

 そう言って頭を下げた静音のポニーテールがフワッと揺れて、ドキッとしてしまう。

 あー可愛いな。

『どの子よりも一番仲良くしてほしい』

 なんて、すごくわがままで図々しいことなのに。静音が頬を赤くしながらうなずくもんだから、期待しちゃうじゃん。

「ホント、すごく似合ってる」

「あんまり……こっち見ないでっ」

 そう言って恥ずかしそうに目をそらす静音だけど、その仕草で俺の心は余計に乱れてしまう。

「こっち見てよ、静音」

 オールを離した手で、静音の少し冷たくなった手をそっと包んだ。

 反応がいちいち可愛くて、エスカレートしてしまう。

 新しい静音がもっと見たい。

 みんなの知らない彼女のことを、俺だけはちゃんと覚えていたい。

「静音」

 優しく名前を呼ぶと、彼女はゆっくりと目線をこちらにもってきた。

 俺だって、こんなこと慣れてるわけじゃない。

むしろ、好きな子にここまでできてる自分にちょっとやばいなって思うよ。
　それくらい止められなくて、日に日に好きが増している。
「静音は、ほかの女の子たちとちょっと違うよね」
　ボートを漕ぐのを再開しながら話しかける。
「……っ、ほかの子と違って、私、地味だよね」
「いや、そういうことじゃなくてっ」
　静音が自分に自信がないことはなんとなくわかっている。
「控えめで、だけどちゃんと人のこと見てて。優しいんだなってすごくわかるよ」
「そんなこと言ったら……柊くんこそそうだよ。誰にでも優しい。クラスメイトのみんなにもこんな私にも」
　静音にはいいところがたくさんあるのに。
　本人がそれに気づけていないなんて、一体何が原因なんだろうか。
「静音、俺の前でそういうこと言うの禁止ね」
「へっ？」
　俺の勝手な提案に静音が突拍子もない声を出す。
「マイナスなこと言っちゃダメ。約束守れる？」
「急にそんなこと言われても……」
「わかったって、ちゃんと返事してくれないと……今度は俺……」
「わっ、ちょ、、柊くんっ」
　再度、オールを漕ぐ手を止めて、静音の小さな白い手を

捕まえる。
「間接的じゃないキス、しちゃうかも」
　彼女の身体を引き寄せて、意地悪っぽく耳もとでそう呟くと、静音の耳がだんだん赤くなっていく。
　あぁ、好きだな。
　この反応。
　意地悪しすぎかなって思うけど、静音が可愛いのが悪いと思う。
「っ、わかった。柊くんの前でネガティブなこと言わないようにする……だから……その……」
　顔を隠しながら話す彼女の顔をわざとのぞくようにして、自分の顔を近づける。
「フフッ、いい子」
　そう言って、静音の頭にポンっと手を置く。
「っ、いい子じゃないです」
　顔を真っ赤にしてから目線をそらす静音。
　可愛い。
　絶対嫌われたくないのに、慣れない彼女の反応が見たいあまりに、行きすぎた発言や行動をしてしまう。
『好きだよ、女の子として。ずっとあの時から』
　俺にそう言われたら、静音は困るかな。

第5章
勉強会

side 静音

「遠足、毎週あったらいいのに〜」

　遠足が終わって1週間。

　私の隣に座る鈴香ちゃんは、スマホのカメラロールを眺めてはため息まじりでもう何回もそう言っている。

　今、鈴香ちゃんは絶賛遠足ロス中。

　今まで私のすごく苦手なイベントだったそれを、隣の金髪少女は毎週あってほしいなんて言うからびっくり。

　そんなに楽しかったのかな……。

　私が同じグループでいいのか不安だったからそれはちょっとうれしいかも。

「毎週って……そんなに行くとこもないだろ」

　鈴香ちゃんの声を聞いた土田くんが、私たちの間に立ってそう言う。

「べつに毎週自然公園でもいいけど」

「見かけによらずなんだよその発言」

　土田くんはそう言って、ククッと笑った。

「違うよ。高城は、この間のお菓子がまだ余ってるから遠足に行きたいだけでしょ?」

「わっ、柊くんおはよう」

「おはよ」

　うしろから声をかけてきた柊くんは、やっぱり朝から人一倍爽やかだ。

　朝の眠くてダルい時間に、どうしてこんなキラキラしているんだろう。

「はー？　柊はサラッといらんこと言うよな」
「え、そう？」
　鈴香ちゃんと柊くんのこのやりとりはもう見慣れたもの。
　遠足が終わってから、私たち４人はなんとなく一緒にいることが増えた。
　周りのみんなも最初は異様な光景を見るような目だったけど、だいぶ慣れたみたい。
　でも、それはきっと柊くんがみんなに優しいのが変わらないから、みんなも私みたいな人間を受けいれてくれているんだと思う。

　——キーンコーンカーンコーン。
　ガラッ。
「はーい。おはよー。号令ー」
　朝のＨＲが始まるチャイムが教室に響くと同時に、担任の泉先生がドアを開けて入ってきた。
「起立、おはようございます」
　日直の声で、みんなが立って挨拶する。
「はい。おはよう。……おい、高城」
　泉先生が挨拶を返して、日直の合図でみんなが席についた時、鈴香ちゃんの名前が呼ばれた。
「その袋、いつまでぶら下げてるつもりだ」
　泉先生はそう言って、鈴香ちゃんの机の横にかけられたパンパンになった紙袋を指差す。

「あぁ、来週までかな。全然減らなくて」
「嘘つけ。増えてるようにしか見えん」
　泉先生は腕を組むと、
「来週はテストだ。それまでに片づけておけ」
　と言ってから、出席確認を始めた。

「はぁ？　留学!?」
「……お前の耳はどーなってんだ。留学じゃない。留年だ」
「あぁ、留年」
「あぁって……お前な……」
　休み時間、トイレから帰ってきた鈴香ちゃんと私を引き止めた泉先生は、呆れながらボリボリと頭をかいた。
　どうやら、鈴香ちゃんは留年が決定しそうな様子。
　そりゃそうだよね。
　ろくに学校に来てなかったし、校則違反はバッチリだし。
　そんな子とトイレに一緒に行くくらいの仲になってる自分に、私が一番戸惑っているのだけど。
「このままだったら、みんなと卒業できないぞ？　やっと学校に来られるようになったのに」
　鈴香ちゃんは泉先生のこと嫌いだって言うけど、先生、本当はすごく鈴香ちゃんのことを思って注意してくれてるんだよね。
「まぁ、今回のテストで頑張ったら、多少は考えてやるけど……」
　先生はそう言って、チラッと私の方を見た。

え、なんで……今私のこと見たんだろう。
「先生もな、考えたんだ。最近、高城が緒方や柊と一緒にいるのは、お前の意識が変わったからなのかなって」
　泉先生のそのセリフに首を傾げる。
　一番ピンと来てないのは、鈴香ちゃんだけど。
「ふたりしてなんだその顔は！　いいか？　高城。1回しか言わないからよく聞け。今回のテスト、緒方と柊に勉強見てもらえ。意地でも留年は避けろ。以上だ。緒方、あとは頼んだぞ」
「へっ、」
　先生は私たちに理解して答える時間をくれないまま、私の肩を軽く叩くと職員室へと向かっていってしまった。

「で、俺と静音が放課後、高城の勉強を見ることになったってわけか」
「はい……」
　お昼休み、泉先生に言われたことをそのまま柊くんに伝える。
　ブレザーを着ずに、シャツ一枚と緩く結んだネクタイ姿の柊くん。
　ラフな格好も、やっぱりカッコよくてまともに目を合わせられない。
　遠足の時から……とくに。
「なるほどね〜。で、肝心の高城は？」
「えっと……行方不明です」

授業中も休み時間も、私の隣を離れない鈴香ちゃんだけど、お昼は決まっていなくなっている。
「そういえば、静音と高城ってお昼は一緒に食べないよね」
「うん。鈴香ちゃん、お昼はいつもいないの。学校の外で食べてるみたい」
「へ～さすがギャルだね」
　うん。
　本当にそう思う。
　先生に怒られることを考えたら、そんな真似絶対できない。
　っていうか……。
「柊くん、そのアイスどこで……」
　隣でソーダ味のアイスを食べている柊くんに、控えめに聞く。
　学校の購買にアイスは売っていないはず。
　仮に朝にコンビニに寄って買ったとしても、この時間には溶けて液体化しているはずだし。
　うちの学校は、お昼休みに学校の外に出るのは禁止されている。
　それなのに、どうして柊くんはアイスを食べているんだろう。それも校舎で。
「あ、静音も食べる？」
「えっ、食べないよっ！」
　また柊くんは変なことを。
　何度、アレを意識させたら気がすむのよ。

「実は、もう1本あるんだ〜」
「へっ」
　柊くんは得意げな顔をしてから、ヒョイッとうしろの窓に吸い込まれるように飛んで、家庭科室に着地する。
　私は立ちあがって、柊くんの様子を窓の外から見つめる。
「ジャーンッ！」
　柊くんはそう言うと、白い長細い箱に手を広げて私に見せた。
　それって……。
「冷蔵庫……」
　柊くんがうれしそうに見せてるそれは、家庭科室の冷蔵庫だ。
「ほら！」
　柊くんは冷蔵庫の真ん中の段の冷凍室を開けると、袋に入った水色のアイスを私に差し出した。
「なんで……」
　なぜ冷蔵庫からアイスが出てくるのかという疑問を頭では抱きながらも、私の手は差し出されたアイスに向かって伸びていた。
　家庭科室の冷蔵庫を勝手に私用目的で使うなんて、絶対怒られるに決まってる。
　柊くんって……本当は……隠れてそういうことする不良？
「こんなの見つかったら……」
「あぁ、大丈夫、大丈夫。家庭科の大宮先生からちゃんと

許可もらってるから」
「へっ、許可……」
「早く食べないと、溶けちゃうよ」
　まだ５月だっていうのに、今日はなんだかムシムシしていてベタつく暑さ。
　アイスの袋にはもう水滴(すいてき)がついている。
「もしかして、また間接キスかもって期待した？」
「そ、そんなわけっ!!」
「そんなに真っ赤になられると、期待したのかなって思っちゃうよ」
　笑みを浮かべながら私の耳もとで話す柊くんに反応して、とたんに心臓が速く鳴り出す。
　もう……柊くんの意地悪っ！
　少し前の私なら、絶対こんなことしなかったのに。
　私はアイスの袋を開けて、ひんやりした煙を出すそれをゆっくりと口に入れた。
「学校で食べるアイスは格別なんだよね〜どう？　おいしいでしょ？」
　うれしそうにこちらを見る柊くんに、コクンとうなずく。
　おいしい。
　ソーダの爽やかな甘さがゆっくりと口の中で溶けて。
　真上(まうえ)にある雲ひとつない青空とよくマッチしている。
「前に、調理室の掃除(そうじ)を手伝ったことがあって、それから定期的に先生があの冷蔵庫にアイスを隠してくれてるんだ」

「うわ～そうなんだ……」
　さすが、先生たちからも好かれる人気者の柊くん。
「まぁ、運動部の子たちが氷食べるのと同じ感覚だよね～。あ、でもほかの人には内緒ね？」
「……うんっ」
　柊くんは、本当に私にだけ教えてくれてるのかな。
　柊くんはみんなのものなのに。
　私にしてくれることを、ほかの子にも同じようにしてたら……。
　少し嫌だなと思った。

「……だから、これはこうなるわけ」
「ほぉほぉほぉ……」
　放課後──。
　教室で早速、鈴香ちゃんの勉強会が始まった。
　机に、鈴香ちゃんの持ってきたお菓子を広げて。
「あ、鈴香ちゃん、そこ線引いといた方がいいよ。この前先生がテストに出すって言ってた」
「おぉー！　静音サンキュー！」
　アドバイスしてあげると、鈴香ちゃんは元気な声で返事をして蛍光ペンを持った。
「うわぁ、柊も緒方も、本当教えるのうまいのな～。俺もすげぇ勉強になる」
「っていうか、なんであんたまでいるの！」
　鈴香ちゃんは、キャップが開いたままの蛍光ペンで隣に

座る土田くんを指しながらそう言う。
「俺もちょうどテスト勉強しようと思ってたからさ」
「違うな。お菓子目当てだろ！」
「いや、俺はそんな食いしん坊じゃねーよ」
　お菓子が入った紙袋を大事そうに抱えた鈴香ちゃんの顔は真剣で、可愛い。
「本来は私と静音のなんだからなっ！」
　土田くんはハイハイ、と返事をすると、パリッとポテチを食べた。
　まさか、自分がこんな風に、誰かと勉強する日が来るなんて。
　机に向かう３人を眺めて、すごくくすぐったい気持ちになる。
　鈴香ちゃんはギャルだし、土田くんはまだ何考えてるかわからない人だけど。
　私の周りにこうやって人が集まってくれたのって、やっぱり隣に座る彼のおかげだ。
「あ、静音、ここの解き方どうやった？」
「え、あっ、うんと……」
　柊くんのノートをはさむようにふたりでノートをのぞく。
「この⑥の問題のところ」
「……っ」
　突然縮まった柊くんとの距離に、私は急にドキドキする。
　目の前には鈴香ちゃんと土田くん。

教室の中でこんなに近づいたことがないので、結構パニックだ。
　顔が熱くなってきて、問題に集中しようと無理矢理ノートに目線を合わせる。
「えっと……この問題は……」
「うん」
　そう返事しながら、柊くんはなぜか自分のシャープペンを動かして、ノートに何か書き込み始めた。
　問題が書いてあるページの隣のページに控えめな小さい字で。
　書かれた文字を見て、私の顔は再度火照り出す。
　柊くんったら!!
　バッと顔を上げると、満足そうに微笑む彼の姿。
　もうっ!!
　こんな時までからかわないでよっ!!
『近いね、距離』
　そんなことを書いてわざとあおる柊くん。
　私が意識しちゃってるのをわかって……。
　やっぱり、時々意地悪だよ、柊くん。
　問題の解き方を頑張って説明するたびに、彼の返事をする声が耳にかかってドキドキする。
　シャープペンを持つ綺麗な手。
　シュッとした横顔のライン。
　教室でこの距離で柊くんが見られるなんて、すごくレアだ。

「そういえば……高城ってお昼どこ行ってんの？」
　１時間ほど黙々と勉強してから、土田くんが口を開いた。
「はー？　聞いてどーすんの」
　なんでも直球で話す鈴香ちゃんが、珍しくちょっと答えを濁した。
　何か、みんなにあまり言いたくないことなのかな。
「いや、ちょっと気になって。学校に突然来るようになったことも」
　土田くん……今日は結構攻めていくな……。
　私も気になってたことだけど、なんだか聞いちゃいけない気がしてたのに。
「何そのグイグイ聞いてくる感じ〜」
「高城には負けるよ」
「うっざ〜」
　鈴香ちゃんはそう吐きすてて、ペットボトルのストレートティーをひと口ゴクリと飲んだ。
「デートしてんの」
　っ!?
　えっ……、デ、デート!?
　鈴香ちゃんの言葉に、私含め３人とも同時に鈴香ちゃんの顔をバッと見た。
「はぁ？　そんなに驚くとか？　あんたたち失礼すぎ〜」
「え、鈴香ちゃん……デートって……」
　日中に学校抜け出して、デートなんて。
「それ、大人の人……とか？」

柊くんも控えめに質問をする。
「そうだけど何」
「マジかよ……。いや、高城ギャルだけど……」
「そこまでとは……」
　男性陣ふたりが言いたいことはすぐにわかった。
　私も実際、すぐにそうなのかなって思ったから。
「お金……もらってんの？　それやばいよ？」
「は。もらってねーし！」
「え、そうなの？」
　思わず私も聞き返す。
「ちょ、静音まで何よ。当たり前でしょ」
　そ、そうなんだ……。
　ってことは……真剣なお付き合いってことだよね。
「あんたたちさ〜さっきから何勘違いしてんの？」
「えっ」
　鈴香ちゃんが足を組みなおして、私たちをジッと見た。
「だって、高城、お前援交してんじゃ……」
「はぁー!?」
　土田くんのセリフに鈴香ちゃんが大きな声でそう叫ぶ。
　そうだよ。
　私と柊くんも、まったく土田くんとおんなじ考えだったから、鈴香ちゃんの意外な反応に驚く。
「え、ち、違うの？」
「ったく！　あんたたち私をなんだと思ってるの？　静音も！」

「ひっ、ご、ごめんなさいっ」
　バッと頭を下げて謝ると、鈴香ちゃんが呆れたようにため息をついて口を開いた。
「……じいちゃんのとこ行ってんの」
　じ、じいちゃん？
「誰の」
「私のだよ！」
　土田くんの質問にすぐに鈴香ちゃんが答えた。
「ちょっと前から学校の近くの病院に入院してて……お昼はいつも病院で一緒に食べてんの」
「えっ、入院……」
「一緒に!?」
「いや、うちおばあちゃんは私が生まれる前に亡くなっててさ、親も共働きで、じいちゃんがたったひとりの育ての親みたいなもんなんだよね」
「そうなんだ……」
　本当、人は見た目ではわからないな。
　だけど、鈴香ちゃんの本当は優しいところとか、気遣い屋さんなところとか、私はわかっていたから、違和感は全然ない。
　むしろ、鈴香ちゃんらしいなって思う。
「私は、じいちゃんがいなくなって、もっとやってあげればよかったって後悔したくないから。今のうちにやれることやっときたいんだ」
「優しいな、高城」

そう声をかけたのは柊くんで。
「いや、優しいとかじゃないよ。じいちゃんのこと好きだから、一緒にいたいだけ」
　鈴香ちゃんが今まで学校に来なかったのも、もしかしたらおじいちゃんの病気と関係あるのかな。
　ただのギャルじゃなかった。
　遠足だって、すごく楽しみにしてて、お菓子だってたくさん用意してて。
　誰よりも女子高校生な鈴香ちゃん。
　今ならすごくわかる気がする。
「じいちゃんも、私が学校行くようになってめっちゃよろこんでんだよね〜。だから、今度は100点のテスト見せてびっくりさせるんだ！」
「ひ、ひゃくてん!?」
「何。私じゃ無理って言いたいの？　静音〜」
「いや、そんなことないっ！　けど……」
「いいんじゃない？」
　頬づえをついて優しい笑顔を向けた柊くんの声で、みんなが一斉に彼を見つめる。
「高城のおじいちゃん、びっくりさせようぜ！　ってことで決まり！　今週の土曜日、俺んちで勉強会な〜！」
　えっ!?
「おぉ！　ナイス柊！」
「やったー!!　青春っぽい!!」
　うれしそうに声を出す土田くんと鈴香ちゃん。

え……勉強会……。
　これって……。
「もちろん静音も強制参加だからね」
　自分は参加していいのか不安な表情をしていた私のことを察したのか、柊くんがそう言ってくれた。

「お、今日はパスタですか」
　夕方、合鍵（あいかぎ）を使って家に入った悠ちゃんがキッチンに立つ私の隣にやってきてそう声をかけた。
「おかえり、悠ちゃん！」
「ただいま～……あれ？　静音、なんかいいことあった？」
「え、なんでっ」
　パスタの具材を炒めていた手を思わず止めてバッと悠ちゃんの方を見る。
「そんなびっくりすんな。意外とわかりやすいぞ～ほら、口角上がってる」
「うっ」
　とっさに自分の口もとを手で押さえる。
　土曜日、柊くんのお家にお邪魔しちゃう。
　そのことで頭の中いっぱいだった。
　側（はた）から見てもわかるくらい、ニヤけてたんだ……私。
「べ、べつになんでもないよっ！」
「そう？　これに気づいたのかと思った」
「へっ？」
　悠ちゃんは、うしろに隠していた手を「ジャーン！」と

前にもってきた。
　その手には、白い箱が。
　見ただけで、何やら甘い香りの予感がするそれ。
　これって……。
「もしかして、kisekiの!?」
「うん。試作品だよ。味見してほしいって店長が」
「うわー!!　うれしいっ!!」
「ご飯食べたあとに食べよ。冷蔵庫入れとくね」
「うんっ！　ありがとうっ！」
　今日はなんていい日なんだろうか。
　悠ちゃん、実は高校の頃からケーキ屋『kiseki』でアルバイトをしているんだ。
　だから、こうやって今日みたいに、試作品やあまったケーキを持ってきてくれるのだ。
　でも最近はなかなか持ってきてくれなかったから、すごくうれしい。
　しかもまだ世に出ていない試作品!!
「よかった」
「へ？」
　悠ちゃんが突然、私の頭にぽんと手を乗っけた。
「静音が楽しそうだと、俺もうれしい」
　悠ちゃん……。
　どこまでも優しいお兄ちゃんだな。
「ありがとうっ、悠ちゃん」

「それで……今度の土曜日、その柊くんのうちで勉強会をするの！　私、こんなの初めてだから緊張して……あ！ kisekiのケーキ買っていこうかな！」
「フッ」
　ご飯を食べおわり、デザートのケーキを食べながら話していると、突然悠ちゃんが笑い出した。
「ん、悠ちゃん？」
「あぁ、ごめんごめん。静音がそんなにしゃべるとこ最近見てなかったから」
　悠ちゃんはそう言って、私のケーキにフォークを伸ばしてひと口食べた。
「静音、表情変わったなって思ってたけど、そっか。友達できたんだね」
「と、友達……」
　悠ちゃんに言われて、初めて3人は私の友達なんだと実感する。
　そっか……私、柊くんや土田くん、鈴香ちゃんと、友達なんだ……。
「今度、紹介してよ」
　悠ちゃんはそう言って、またひと口ケーキを食べた。

「立派なマンションだな〜」
「綺麗……」
　待ちに待った土曜日。
　待ち合わせ場所だった学校から、鈴香ちゃんと土田くん

と私の3人で一緒にバスに乗って、目的地の柊くんのマンションに着く。
「土田くんはなんで柊くんのうち知ってたの?」
「あぁ、去年のクラス会のあと、残ったメンバーで柊んちで二次会的なのやったんだ。それで」
「あぁ、なるほど……」
　そっか……土田くんと柊くんは、去年も同じクラスだったんだね。
「501号室だっけ?」
　鈴香ちゃんはそう言いながら、インターホンのボタンを押した。
「どーぞー」
　柊くんのそんな声が、インターホンのマイクから聞こえると、同時に自動ドアのセンサーが解除された。
　……緊張するな。
　私は白箱を平行に持つように意識してから、ふたりと一緒にドアの中へと入っていった。
「いらっしゃい」
　エレベーターを降りると、玄関のドアを開けた柊くんが顔を出していた。
「本当大きいマンションだな〜」
「お腹すいた〜」
　土田くんと鈴香ちゃんは、そう言いながら、玄関で靴を脱ぐ。
　本当、立派なマンションだ。

柊くんのご両親はふたりとも働いているのかな。
「いらっしゃい、静音」
　ふたりよりも少し遅れて靴を脱ぐ私に、柊くんが優しい笑顔を向けてくれた。
「あ、お、お邪魔しまするですっ」
「フッ」
「えっ」
　突然吹き出した柊くんに首を傾げる。
「しまするです、って。可愛い」
　は、緊張しすぎておかしな日本語になっちゃってたよ！
　恥ずかしくて、柊くんから目をそらす。
　それだけじゃない。
　いつもの制服姿とは違う柊くん。
　髪の毛は学校の時と違って、ワックスをつけていない。
　サラサラのその髪型で目が少し隠れてて、なんだかドキッとするし。
「あ、入ってすぐ右のドアが俺の部屋だから先に入っててー」
　先にお家に上がったふたりにそう声をかけた柊くんは、まだ私の前に立っていてなかなか部屋に上げてくれない。
　いつもと違う柊くんとこうやってふたりきりなんてドキドキしておかしくなりそうなのに。
　グレーのVネックを着てる柊くんの首もとなんかに目がいっちゃって、また目をそらす。
　よく似合いすぎだよ……。

Vネックは柊くんのためにあるものみたいだ。
　すごく、カッコいい。
「静音……私服だ」
「はっ」
　恥ずかしい。
　目の前にいる柊くんはすごくカッコいいのに。
　自分のスタイルに自信なんてないから、それを隠すような服しか持っていないし。
　今日だって、ロングスカートにボーダーシャツというザ・シンプルすぎる格好だ。
　こんな私に比べて……鈴香ちゃんは、細くて長い足を強調させるショートパンツが、金髪ヘアとよく似合っていたし……。
「す、すみません……」
「なんで謝んの。すっごい萌えるって話してるんじゃん」
「えっ」
　も、萌える？
「ほら、行くよ〜」
　柊くんはなぜか顔を私に見せないよう背けて、私の頭に大きな手を置いてそう言った。
　柊くんにケーキを渡して、冷蔵庫に入れてもらってから、私たちは柊くんの部屋の真ん中にあるテーブルを囲むように座る。
「にしても綺麗にしてるな〜。本当に年頃の男子高校生かよ〜」

「あぁ〜土田、なんか汚そうだもんね。部屋」
「うるせ〜な！　絶対高城の方が汚ねえだろ」
「はぁ？　私の部屋の方が絶対綺麗だわ！」
「はいはい、早速勉強するぞ〜。ノルマ達成できたら、静音が持ってきたケーキ、みんなで食べよ」

　柊くんのそんな声がかかると、鈴香ちゃんは急にやる気を出して、ペンを持った。
「おう！　じいちゃんとケーキのために頑張る！」
　そんなことを言う鈴香ちゃんは、やっぱり変わっていて可愛い。
　個性的っていうか、キラキラしているっていうか、私はそういうのは全然ないからなぁ。

「んー！　頭パンクしそー！」
「ちょっと休憩しよっか！」
「うん！　静音が持ってきたケーキ食べる！」
　2時間ほど勉強してから、柊くんの声でみんなが伸びをしたり机にペンを置く。
　鈴香ちゃんは、おもに柊くんに勉強を教えてもらいながらひたすら問題を解いていたけど……。
　正直私は、隣に座る柊くんが気になって、集中できなかった。
　背中を預けてるのだって、柊くんがいつも寝ているであろうベッド。
　やっぱりまだ、自分が柊くんの部屋でみんなと勉強して

いるなんて信じられない。
「あ、みんな何飲む？」
　ケーキを取りにいこうと立ちあがった柊くんがみんなにそう聞いた。
「お茶とコーラとオレンジジュースがあるよ」
「あ、じゃあ私コーラ！」
「俺も！」
「私はオレンジジュースで……」
「はいよー」
　柊くんはそう返事をして部屋を出ていった。
「あ、私、運ぶの手伝うぞー！」
　突然、鈴香ちゃんは立ちあがると、柊くんを追いかけるようにして部屋を出ていった。
　あぁ、そっか……。
　女の子なら、ああいう気の利いたことできなきゃいけないよね。
　鈴香ちゃん、そういうの得意そうに見えないのに……。
　私より先に鈴香ちゃんが動いたことが、なんだか自分の中で悔しいって思ってしまう。
　何これ……。
　べつに鈴香ちゃんとなんの勝負もしていないのに。
「緒方ってさー」
「えっ、」
　シーンと静かだった部屋に、突然しゃべりはじめた土田くんの声が響いた。

今、柊くんと鈴香ちゃんはキッチンにいるから、私と土田くんはこの部屋でふたりきり。
　ふたりっきりでしゃべったことなくて、急に緊張してしまう。
「柊のことどう思ってんの？」
　っ!?
　突然の質問に、あっという間に顔が熱をもつ。
「どうって……すごく優しい人……だよ。私みたいな人と一緒にいてくれるんだもん」
「いや……そうじゃなくてさ……」
「えっ……」
「なんで、柊は緒方と一緒にいると思う？」
「それは……」
　さっきよりも鼓動が速くなる。
　柊くんはすごく優しい人だから私と一緒にいてくれる。
　ただそれだけだよ。
　それ以外に何があるっていうの……。
「お待たせ〜！」
　沈黙に耐えられなくなった時、鈴香ちゃんが元気な声でそう言いながらみんなの飲み物を運んできた。
「ねぇ！　静音が持ってきたケーキ、やばいんだけど！」
　興奮する鈴香ちゃんが部屋に入ってきたタイミングで、柊くんもケーキが載ったお皿を持ってくる。
「おー！　ホントだ。おしゃれ」
「めっちゃおいしそうなんだけどっ！」

鈴香ちゃんと土田くんが、頬をゆるませながらケーキを見つめる。
「近所にあるケーキ屋さんで。友達がそこで働いてるから、よくサービスで安くしてもらえるんだ」
「へ〜洋菓子店kisekiか〜」
　鈴香ちゃんが箱に書かれたロゴを見て読み上げる。
「友達って、この間言ってた人？」
　と柊くん。
「あ、うん。そうだよ。最近はバイトとか大学生活が忙しそうであんまり遊んだりできないんだけど……家が隣同士だからよく話すんだ」
「ふーん。静音の幼なじみかー。今度紹介してやれ親友の私をさ！」
　鈴香ちゃんはそう言って、ケーキをパクっとひと口食べた。
「あ、うんっ」
　悠ちゃんに友達を紹介できる日が来るなんて……。すごくうれしいな。
「うまー！　絶対、今度行くわkiseki！　あ、静音のもひと口ちょうだい」
「うん、いいよ」
　私のその声を聞くと、鈴香ちゃんはうれしそうにフォークでケーキを切って口の中に入れた。
「んー！　静音のもうまー！　よし、お次は柊の！」
　4つとも違う種類のケーキを買ったから、鈴香ちゃんは

どの味も気になるらしくフォークを持つ手を伸ばした。
「あぁ、いいよ。じゃ高城のもちょうだい」
「おう！」
　目の前で行われてる鈴香ちゃんと柊くんのやりとりから、ちょっとだけ目をそらしたくなった。
　こういうのって普通は男女関係なくできちゃうものなんだな。
　現代っ子はすごいな。
　あ、私もそうじゃん。
　柊くんが今まで私にしていた行動は、やっぱりとくに意味はなかったんだ。
　そんなことあるはずないなんて思いながら、どこかで期待してる私、なんか……私じゃないみたいだ。
「静音のもちょうだい」
　柊くんは優しく声をかけてくれてるのに、自分が特別じゃなかったことでなんだかモヤモヤしてしまう。
「うん。いいよ」
「静音こっち食べる？」
　不覚にもキュンとしてしまう自分が嫌になる。なんでもないことなのに。いちいち意識して気になって。
「ううん。私、それ何度か食べてるから大丈夫だよ」
　食べたことないのに。
　なんなのこの感情。
　思わずそっけない態度をとってしまった。
「そっか。土田はー？」

「食べたい」
「おー。ちょっとだけなー」
　男子たちのやりとり。
　友達同士なら当たり前の光景なのかな。
　変に考えすぎてた自分がバカみたいだ。
　それからケーキを食べおわった私たちは、勉強を再開したけど。
　向かい合って勉強をしてる柊くんと鈴香ちゃんを見て、なんだかお似合いなのかもなんて勝手な想像までふくらんだ。
「高城のおじいちゃんってどんな人なの？」
　柊くんが鈴香ちゃんに話しかけてることでさえモヤっとする自分が嫌になる。
「え？　めっちゃ可愛いよ。釣りと骨董品の話をさせたら一日中しゃべってるし、ダメだって言ってるのに隠れて甘いもの食べちゃうし。今はできなくなったけど、昔はしょっちゅうじいちゃんと釣りしたもんだよ」
「へ〜、ほんと仲いいんだな」
「まぁね。自慢のじいちゃんだよ」
「おじいちゃんにとっても、高城は自慢の孫だろ。高城はいい奴だから」
　柊くんがそう言った時、鈴香ちゃんはびっくりした顔をしてから、少しだけ頬を赤く染めた。
「柊に褒められると調子狂うんですけど〜」
　そう言って、顔を背けた鈴香ちゃんは絶対照れている。

「ハハッ、素直じゃないな」
　やっぱりいい感じかもしれない。
　絶対ありえないって思っていたけど。
　柊くんと鈴香ちゃん、なんだか……。

「うわっ、もうこんな時間!?」
　鈴香ちゃんのその声で部屋の時計に目を向けると、時刻は午後4時半を過ぎていた。
　勉強を再開して2時間近くたっている。
「ん？　なんか予定あんの？」
　正面にいる鈴香ちゃんに頬づえをつきながらそう聞く柊くんの横顔にいちいち反応しちゃう。
「バイトがあってさ〜。マジごめんっ！　私のために集まってくれてるのに、先に帰るとか……」
「全然気にしないでっ！　また集まろうよ」
　鈴香ちゃんに抱いたよくわからないモヤモヤした感情を隠すかのように、私はそう言った。
「あ、そういえば……」
　黙ってた土田くんが突然口を開く。
「俺も親から買い物頼まれてたんだ。だから、送ってくよ高城」
「え、いいよべつに……外明るいし」
「ついでだよ。ってことだから、俺たち帰るな」
　土田くんはそう言ってそそくさと筆記用具を片づけはじめる。

みんな帰っちゃうのか……。
　それなら……。
　私も帰った方がいいよね。
　残る方がおかしいし。
「あ、じゃあ私も一緒に……」
　──グイッ。
　えっ!?
　土田くんたちに声をかけて立ちあがろうとした瞬間、突然手を掴まれた。
　驚いてその先を見ると、柊くんが私の手を掴んでいるではありませんか。
　な、な、何これ!?
　い、行くなってこと?
「緒方はもうちょい勉強してなよ」
「えっ、」
「じゃーね！　静音、柊っ！」
　と鈴香ちゃん。
　土田くんは鈴香ちゃんに「行こ」と言うと、少し口角を上げながらこちらを見て、部屋を出ていってしまった。
　──バタン。
　玄関のドアが閉まった音が聞こえる。
　シーン。
　どうしよう。
　急に、柊くんとふたりきりになってしまった。
　正直、ケーキを食べおわったあとも、柊くんと鈴香ちゃ

んが気になって全然勉強に集中できなかった。
　柊くんって、鈴香ちゃんのことどう思ってるんだろうって、そればっかりで。
「あ、あの柊く……っ、わっ」
『手を離して』
　そう言おうとしたら、掴まれていた腕をそのまま引かれて、一瞬で私は柊くんの匂いに包まれた。
　座ったまま、柊くんとの距離が０（ゼロ）になる。
　な、な、な、何事!?
　私の身体はたちまち熱くなって、あちこちから汗が噴き出す。
「静音、なんか元気ない？」
　耳もとに柊くんの声がかかってやっぱりくすぐったい。
　これには全然慣れないな。
　しかも、今日の柊くんはいつもの制服とは違うＶネックを着てる。
「元気、だよっ」
　いつもより柊くんにたくさん触れてる気がして余計ドキドキする。
　もし今、鈴香ちゃんとふたりきりになったらおんなじことしちゃうのかな……なんて、また変なこと考えちゃってるの……バレたかな？
「俺は元気じゃなかったよ……静音とあんまり話せなかったから」
　どうして、そんなこと言うの。

私なんか、なんの取り柄もない人間なのに。
「何度も静音のこと見てたのに、全然目合わせてくれないし」
「そ、そんなこと……」
「今だって、全然見てくれないじゃん」
　抱きしめていた手をゆるめて柊くんが呟いた。
　彼の言うとおりやっぱり見ることができない。
　柊くんと鈴香ちゃんに対してわいた感情への罪悪感だ。
「か、帰りますっ」
　私のくせに、嫉妬なんてした自分が恥ずかしくて、今すぐここからいなくなりたかった。
「だーめっ。まだ充電中」
「……っ」
　離れようとしても、柊くんは力をまた入れてきて、私を離してくれない。
　柊くんの言葉ひとつひとつにいちいちドキドキしちゃう自分も嫌だ。
　きっとからかってるだけなのに。
　面白がってるだけなのはわかってるのに。
「顔、赤くなりすぎだよ」
　顔をのぞいてきた彼にそう指摘されるくらい赤面してるんだもん。
　慣れていない自分にも嫌になる。
「俺といるの嫌？」
　私は黙ったままブンブンと首を振る。

嫌なわけがない。
　優しくて毎日私のことを気遣ってくれる柊くんといるのは、すごく楽しい。
　だけど……これは夢でいつかなくなっちゃうんじゃないかって思うこともある。
　改めて、やっぱりあの柊くんがこんな私といるのなんておかしいと思うもん。
「じゃあ、やろうよ、ふたりだけで勉強」
　柊くんは、私の頭にポンっと手を乗っけてから、いつもの優しい笑顔でそう言った。

第6章
球技大会

「うぉー！　高城すげーじゃん！　日本史95点!?」
「よく頑張ったね！　鈴香ちゃんっ！」
　2週間後、無事に終わったテストが返却されて、私たちは鈴香ちゃんのテスト用紙を見て声をかけた。
　すごく勉強を頑張っていた鈴香ちゃんは、なんと日本史で95点を取ったのだ。
　ほかの教科もすべて50点以上で、クラスのみんなもびっくりしている。
「……すごくない……100点じゃなかった！　暗記ものだから絶対自信あったのにっ」
　私たちの反応とは正反対の反応を見せる鈴香ちゃん。
　95点ってすごいのに。
　それでも鈴香ちゃんは、おじいちゃんに100点見せるんだって言いはっていたから、相当ショックだったみたい。
「高城、よくやったって」
「んー……」
「俺はずっと高城の勉強してる姿、そばで見てたけど、とっても頑張ってたよ」
　納得いかない鈴香ちゃんを励ます柊くん。
　そんな彼のことを、クラスの女の子たちはうっとりと見つめている。
「カッコいいのに誰にでも優しいな」
「本当、性格までイケメン」
　最初、みんなから避けられていた鈴香ちゃんも、今では柊くんのおかげでだいぶクラスにとけこんでいる。

やっぱり柊くんはすごくて、みんなの柊くんだって再確認させられる。
　またば……。
　胸のあたりがまたモヤモヤしてる。
　最近、鈴香ちゃんやみんなに囲まれてる柊くんを見るとこればっかり。
　──キーンコーンカーンコーン。
「はーい、みんな席につけー」
　帰りのHRのチャイムが鳴って、タイミングよく泉先生が入ってきた。
「はい。テストも終わったところで、来月、毎年恒例(こうれい)の球技大会が行われます。優勝したチームには焼肉食べ放題の権利が賞品として与えられますので、ぜひ頑張ってください！」
「うぉー！　焼肉っ！」
「ぜってぇ勝とうぜ！」
『焼肉』
　そのワードに、とくにクラスの男の子たちが騒ぎ出す。
　はぁ……。
　球技大会かぁ。
　みんなは楽しそうに笑っているけど……。
　私だけは憂鬱(ゆううつ)だ。
　昔から、運動が一番苦手。その中でも球技は本当にダメ。それなのにクラス対抗なんて、絶対みんなに迷惑かけちゃうやつだもん。

「静音っ！　絶対勝とうね！」
「あっ、う、うん……」
　隣に座る鈴香ちゃんも、やっぱりやる気満々だし。
　あぁ……苦手だなぁ。
　球技大会……。

「ん？　静音どうした？」
　お昼休み。
　突然、柊くんの綺麗な瞳がアップで私の顔をのぞき込んできたので、息が止まる。
「な、なんでもないよっ」
　慌てて目をそらして、お弁当に目を向ける。
「なんでもなくないよ。静音が元気ないと俺も元気なくなる」
「うっ、何それ……」
「なんでも言ってよ、俺には」
　また甘えそうになる。
　柊くんがあまりにも優しすぎるから。
「じ、実は……苦手なんだ。スポーツ」
　頑張って頑張って、勉強はやっと『できる』域だけど、スポーツはどんなに頑張っても無理なんだ。あれはセンスの問題だもん。
「知ってる」
「し、知ってる……とは……」
「そのまんまの意味だよ？　去年のマラソン大会も最後の

方だったし、ソフトボールではバット振りまわしちゃってたし」

　嫌な思い出が鮮明によみがえってきて、私の顔はきっと茹でダコのように真っ赤だ。

　恥ずかしいっっ‼

　柊くんに見られていたなんてっ‼

　ん？

　でもちょっと待って……。

　今柊くんが話したのは、どれも１年の頃の話……。

　柊くんとはクラスが違うから私のことなんて知らないはずなのに。

　そもそも同じクラスメイトでも私の名前を知らない人は何人かいたし。

「えっと……なんで柊くんがそんなこと知ってるの……」

「なんでって……静音のこと見てたから……って言ったらちょっと引いちゃう？」

　ひ、柊くんが見てた⁉

　私のことを知っていた⁉

　引くわけない‼

　そんなもの、自分に存在価値がないなんて思ってた私にとってはすごく……すごくうれしいことだ。

「ううんっ。うれしい……です」

「フッ、今の『です』は可愛すぎだよ」

　すぐにそんなことを口にする柊くんだけど、今はなぜか鈴香ちゃんの顔がチラついてしまう。

柊くんは……鈴香ちゃんにもこんなこと言うのだろうか。
「大丈夫だよ。できるとかできないとかじゃない。頑張ってるのをみんなは評価してくれると思うよ」
　すごいな……柊くんは。
「……っ、どうして柊くんは……私に優しくしてくれるの？　柊くんがみんなに優しいのは知ってるけど、こんな私にまで優しいから……」
「静音はなんで自分のこと『こんな』なんて言うの？　俺は、静音のこと本当に素敵な子だなって思ってるのに。だから絡んじゃうんだよ？」
「っ、、昔から……なの」
　こんな話……柊くんにしたくないけど。
　それでも、目の前の彼の瞳が私を捉えて離さないから。
「昔から極度の人見知りで……自己紹介の時の第一印象がすごく悪くて……誰も近寄ってくれなかったり、名前覚えてくれないことが多かったの」
「うん」
「一番怖かったのは、言葉を発しても『え？』って聞き返されることで。初対面でも上手に話したりできるコミュニケーション能力が高い人が羨ましかった」
「そっか……」
「……だから今回の球技大会も」
「大丈夫だよっ！　俺がちゃんと見てるから」
　優しすぎるよ、柊くん。

こんなに素敵な扱いを受けたことないものだから、どう反応していいのか本当にわかんない。
　バカみたいにまた期待しちゃう。
「その代わり……」
「へっ」
　柊くんは突然、私の頬を片手で包み込むと、こちらをジッと見つめた。
　私もジッと見つめる。
　相変わらず、すっごく綺麗なお顔立ちだこと。
「ちゃんと静音のこと見てるから、静音もちゃんと俺のこと見ててね」
「えっ、あ、うんっ！」
　そんなの、言われなくったって見るに決まってる。
　唯一の友達なんだもん。
「うん。いいお返事」
　柊くんはそう言って、頬を包んでいた手を私の頭に持っていった。
　なんだろう……。
　今年の球技大会は……、ちょっと楽しみにしててもいいってことなのかな。

「よーしっ！　はりきっていこー！」
　いつも下ろしている金髪ヘアを、今日は気合を入れてポニーテールにしている鈴香ちゃんが拳を掲げてそういった。

「おぉー！　気合十分だな！　高城！」
　泉先生もなんだかうれしそうだ。
　はぁ……。
　今年は楽しい球技大会になるかもってちょっと期待してたのに……。
　鈴香ちゃんと柊くんの着ている赤色のゼッケンを見つめて、心の中でため息をつく。
　柊くんの隣にいる土田くんだって、赤色のゼッケン。
　なんで離れちゃうかな……。
　昨日のチーム決めの時、不運なことに４人の中で私だけがＢチームになってしまった。
　だから私だけ青いゼッケン。
　そしてもうひとつ……。
　キューッと絞られるような下腹部(かふくぶ)の痛みを感じて、さりげなくお腹を押さえる。
　まさか……こんな日にやってくるなんて。

「よーしっ！　ＡチームＢチーム、どっちも優勝するぞー!!」
　クラス全員で円陣(えんじん)を組んで、柊くんが活気ある声でそう言った瞬間、
「おー!!」
　と、柊くんに負けないクラスメイトたちの大きな声が響いた。
「静音っ！」

「柊くん……」
　円陣が解かれた瞬間、柊くんが私のもとへ走ってきた。
　少し前まではみんなの前では苗字で私のことを呼んでいたのに。
　今はどこでも関係なく、私の下の名前を呼んじゃう柊くん。
　ほら……また周りの女子たちがこっちを見てるよ。
「大丈夫だよ。ちゃんと見てるから。まぁ、俺も静音とおんなじチームがよかったけど」
　もう、柊くんったら……。
　そういうことをやっぱりサラッと言っちゃうから、周りの女子たちまで顔を赤く染めちゃってる。
　言われてる私はきっともっとまっ赤だ。
「うん。ありがとう柊くん」
「じゃあ、俺のチームすぐだから、行ってくるね」
「あ、うん。頑張って！」
「おうっ！」
　柊くんはそう言うと、私の頭に手を置いてからニカッと笑った。
　あぁ……カッコいいなぁ。
　チームの輪の中へ入っていく柊くんの背中を目で追う。
　鈴香ちゃんもやる気十分で、コートの中で念入りにストレッチしてるし。
　いいなぁ……。
　柊くんたちのチームにいる鈴香ちゃんがすごく羨まし

い。
　体育館の壁に背中を預けながら体育座りで柊くん、鈴香ちゃん、土田くんの３人を見守る。
「試合開始っ！」
　ピーッと審判の笛が鳴ると、ふたつのコートからバレーボールが飛んだ。
「キャー！　柊くんほんっとなんでもできちゃうよね」
「柊くんってバレー部じゃないよね？　ホームめっちゃ綺麗なんだけど！」
「ボールになりたい」
　私の座る位置から少し離れたところで、ほかのクラスの女子たちが柊くんを見てうっとりと話す。
　なんとなくギャラリーも多くて、柊くんの人気ぶりを再確認させられる。
「お！　高城！　ナイスレシーブ！」
　柊くんが、鈴香ちゃんの名前を呼んだ。
「あの人って、最近学校来るようになったっていう高城さん？」
「すっごい派手だよね……でもなんか、カッコいいかも」
「わかる。サバサバしてるっていうか、女の子だけどイケメンだよね」
　柊くんに夢中(むちゅう)だった女の子たちは、鈴香ちゃんの話もしている。
　鼓動がドキドキとうるさいけど、これはいつも柊くんに対して鳴らしてるのとは違う。

不安で嫌な予感がする。

聞きたくないのに、つい聞いてしまう。

「なんか、お似合いじゃない？　あのふたり」

試合中、柊くんと鈴香ちゃんは何度かハイタッチをしたり、笑い合ったりしていた。

すっごく楽しそうで。

女の子たちが言うように、お似合いだった。

運動能力の高いふたり、すっごく楽しそう。

柊くんはやっぱり誰よりも輝いていて、こんな私が一緒にいたらいけないんじゃないかと不安になった。

「ピーーーー!!」

ホイッスルの音が響いた。

「いぇーい!!　勝ったーー！」

「高城、バレーやってたの？　すっごいうまい」

「いや、テレビで見たことあるくらい」

「え、すごいな。めっちゃうまかったよ」

土田くんと鈴香ちゃんがコートから出ながらそんな会話をしている。

やっぱり、運動って才能とかセンスの問題なんだな。

テレビで見ただけであそこまでできるなんて。

「いや、柊のフォローがあったから楽しくできたよ。サンキューな！」

「何言ってんだよ。ほとんど点数稼いだの高城だし。2回戦も頑張ろう！」

自分だけ取りのこされた感じがして、うつむいてしまう。

今、心の底から笑って3人に「お疲れ様」って言える自信がない。
　ほかのチームを見ても、なんだか、3人は特別に光っている。
「静音〜〜!!　見てた!?　私のスパイク！　全部奇跡だけど！」
　突然、こちらに向かって歩いてきた鈴香ちゃんが私に飛びついてそう言った。
「あっ、うん。見てたよ。すごいね」
「ふふーん。静音も頑張れよー！」
「うん。みんなに迷惑かけないように頑張ります」
　そうだ。私みたいな人間はいかに目立たなく、チームの足を引っぱらないようにするかが大切。
「あー、今の静音の悪いクセだぞ〜」
「うっ、」
　柊くんが私の頭をワシャワシャと撫でた。
「だって……」
「迷惑かけてなんぼだろ。チームなんだから」
「えっ、」
「そーだよ。私だってたくさんミスしたけど、そのたんびにみんながカバーしてくれたからできたことばっかだし」
「鈴香ちゃん……」
「自分なんか無理って思ってたら、ずっと無理なまんまだぞ〜」
「っ、、うん。ありがとうっ」

「3人で応援してるから、頑張れよっ!」
　鈴香ちゃんは私の背中を強めに叩くと、座っていた私を立たせてから、コートへと背中を押してくれた。
　そっか……もう前のようにひとりじゃないんだよね。
「Bチームのみなさんは、コートに集まってください」
　よしっ。
　チームリーダーの声が聞こえて、私はコートへと向かった。
「試合開始っ」
　審判の合図が聞こえてから、ボールが空中に浮かぶ。
　いつもは隠れるように参加するばかりだけど……今日は勇気を出して頑張ってみよう。
　そう思って、一歩足を前に出した時。
　――ズキンッ。
　そうだ……。
　ぎゅっと締めつけるような重い痛みが再び私の下腹部を襲った。
「あ、緒方さんっ!」
　うっ、嘘!
　なんてタイミングの悪いっ!
　名前を呼ばれた時にはもう遅くて、ボールが私の目の前でコートの上に落ちた。
　お腹の痛みに意識が向いちゃって、ボールから目をそらしちゃっていた。
　あっ、どうしよう。

「ご、ごめ……」
「どんまいどんまい！　次だ次っ！」
　え……。
　チームみんなになんて言われるのか怖くて顔を上げられなくなっていると、どこからかそんな声が聞こえた。
　ゆっくりと顔を上げると、前衛に立っているチームリーダーの増田くんがこっちを見ていた。
　今の声……増田くん？
　増田くんが私に話しかけた？
「男子のサーブ怖いよね。今のは取れなくて当然だよ」
　えっ。
　びっくりして固まっていると、すぐ横の小野さんも私に話しかけてきた。
「あ、うん……ありがとうっ」
　私がそう言うと、小野さんはニコッと笑ってくれた。
　緊張がだんだんと解けていく。
　自分が思っているより、周りの人たちは私に普通に接してくれるんだな。
「頑張れ、静音〜〜!!」
「次だ次ー!!」
　何よりも……。
　コートの外側で私に手を振ってる人たちに目を向ける。
　今の私には、私のことを見てくれる友達がいるんだ。

　あれから、幸いにもボールは私のところに飛んでくるこ

とはなかった。
　けど……。
　最大の難関が来た……。
「次緒方さんサーブだよ」
「ふえっ！」
　ボールを投げられて、思わず出してしまった変な声と一緒にボールをキャッチした。
　サーブ……。
　バレーで一番苦手なところである。
　正直、体育の授業でも入った記憶なんてない。
　どうしよう。
　これでミスったら完全に足手まといだよ。
　それに……。
　得点板を見ると……これで点数落としちゃったら私たちチームの負けになるではありませんか。
　無理だよ……絶対無理だよ……。
　あんな遠くまで飛ばせる自信なんてない。
　どうしよう。
　これでもし落としたら……みんなが楽しみにしている焼肉が……。
「静音〜〜！　顔色悪すぎるぞ!!」
　へっ。
　柊くんの声がして、目線を声のした方に向ける。
　柊くんが、人目もはばからずまっすぐこちらを見ているではありませんか！

余計緊張しちゃうよ……。
「ネットを越えればいいんだから。はい、深呼吸！」
「うっ」
　まったく柊くんったら……それがすっごくむずかしいんだよ。
　それでも、柊くんに言われたとおり深呼吸してから。
　よし。
　ボールを上に投げた。
　綺麗に手のひらに当たった感触がしたと思ったら、ボールはもう空中をゆらゆらと進んでいる。
　うわっ。
　ダメだ。
　終わった。
　絶対ネットを越えないまま落ちちゃう。
　どうしよう。
　少しでもこの現実から逃げたくて。
　諦めかけて、目をつぶった瞬間——。
　ピッ。
「わー!!　すごい!!　緒方さん入ったよ！」
「えっ」
「スレスレだったわ。絶対ダメかもって思ったのに。ナイス緒方！」
　チームメイトのそんな声が聞こえて、おそるおそる目を開けると、コートの向こう側にはスライディングしたまま手を伸ばした生徒が落ちたボールの周りにいた。

嘘っ、これって……。
　得点板を見ると、私たちクラスの点数が１点入っている。
「やったじゃん静音！」
「すごいよ緒方！」
「さすが、私の親友っ！」
　コートの外では３人がうれしそうにこちらを見ている。
　嘘……私……点数入れちゃった？
「よーし！　この流れに乗っていくぞー！」
「待ってろ焼肉――！」
　チームのみんなもなんだか気合が入ったように声をあげた。
　よかった……本当によかったよ……。
　目線を感じて、またコート外に目を移せば、
「柊くん……」
　爽やかな笑顔を向けた彼が、こちらにピースサインを向けていて。
　胸がキュンとした。
　柊くんが深呼吸って言ってくれたからだよ。
　ありがとう。
　その気持ちをこめて、私も控えめにピースサインを返した。
　そんなことができる自分に、ちょっとびっくり。

「お疲れ、静音」
「ひ、柊くんも、応援ありがとうございましたっ」

私たちのチームも無事1回戦を通過。
　一番に声をかけてくれた柊くんにお礼を言う。
　自分がこんな風に応援してもらえる日が来るなんて。
　考えたこともなかった。
　柊くんたちだけじゃない。
　ほかのクラスメイトからもハイタッチしてもらったりして……。
　すごくうれしかった。
「次も頑張ろう！」
　鈴香ちゃんがそう言って、私の腕を真上にあげた。
「緒方さん」
　ん？
　名前を呼ばれてうしろを振り返ると、そこには私のチームリーダーである増田くんが立っていた。
　おでこがよく見える爽やかな短髪は彼によく似合っている。
「お疲れ様」
「へ、あ、いや……えっと……」
　眩しい笑顔で声をかけてくれた増田くんとこうやって話すのは初めてですごく緊張してしまう。
「次の試合も頑張ろうね」
「あ、は、はいっ、増田くんもお疲れ様でした」
「はいこれ」
「えっ、」
　増田くんは、私の手にスポーツドリンクを渡すと、すぐ

に振り返ってチームのところへ帰っていった。

え、え、え？

もらったスポーツドリンクはひんやりと冷えていて、熱くなった手を冷ましてくれる。

なんで増田くんが私に……。

「増田、さっき走って自販機(じはんき)に買いに行くの見……いてっ」

あ、と思い出したように話し出した土田くんの腕を柊くんが少しムッとした顔で叩いた。

あれ、柊くんのこんな顔、珍しいな。増田くんにあとでお礼言わなきゃ。

柊くんたちのチームは無事に３回戦に進めることになった。

そして、私たちのチームの２回戦が始まろうとしている。

うっ。

キューッと絞られるような痛みが再び下腹部を襲った。

そう。

この痛み、今日はいつにも増して強い。

１回戦はまだ動けていたけど、正直今は腰もすごく痛い。

「緒方さん、顔色悪いけど大丈夫？」

隣の小野さんが声をかけてくれる。

「あ、うん。大丈夫」

この試合が終わったらトイレに行こう。

少し休めば、もし次の試合があっても出られるはず。

今のこのチームの雰囲気があまりにもよくて、あんなに出たくなかったはずなのに、少しでもコートに立っていた

いと思っている。
　応援してくれる人たちができたから。
　──ピーー！
　試合開始の合図が鳴って、相手コートからボールが飛んでくる。
　なんか……ゆらゆら揺れてるなぁ……。
　ん？
　いや、ボールだけじゃない。
　コートにいる生徒全員が揺れている。
　何これ……。
　チームの人の名前が飛びかっているけど、それもよく聞こえない。
　お腹はキューッと痛くなる。
　まさか……普段はこんなに悪くなることはない。
　この試合が終わるまで……。
　一生懸命飛んでくるボールを目で追うけど、やっぱりゆらゆらと揺れている。
　うっ。
　ズキンっと、とうとう頭まで痛くなった時。
「緒方さんっ!!」
　ちょうどこちらにボールが飛んできた。
　拾わなきゃ。
　さっきできなかったから──。
　今度こそ──。
　両手を重ねて伸ばした瞬間。

クラッ。
　――ドンッ。
　身体に痛みが走った。
「お、緒方さん!?」
「緒方！　緒方！」
　小野さんや増田くんの声が聞こえて、うっすら目を開けると視界はすべてぼやけていた。
　みんなの足しか見えなくて、自分が倒れてしまったんだと気づく。
　ダメだ……。
　わずかに開けた目もすぐに閉じてしまう。
　起きあがらないといけないのに、身体が言うことを聞かない。
　せっかく頑張るって決めたのに……。
　なんでこんな時に限って……。
「静音っ」
　意識が朦朧（もうろう）とする中、身体がフワッと何かに持ちあげられた。
「俺が連れていきます」
　いつもとは少し違った力強い声が聞こえて。
　私の意識はそこでプツンと切れた。

　消毒液の匂いがして目を開けると、真っ白な天井が広がっていた。
　すごく痛かったお腹の痛みは少し和（やわ）らいでいる。

えっと……私なんでこんなところに……。

ゆっくりと身体を起こすと、目の前はサーモンピンクのカーテンと、横には少し開けられた窓から涼しい風が吹いていた。

自分で歩いて保健室に来た記憶はなくて、必死に記憶をたどる。

飛んできたボールに手を伸ばしたら……そのまま……。

「おはよ、静音」

えっ!?

突然、優しい声が私の名前を呼ぶのが聞こえてあたりをキョロキョロと見回す。

「こっち」

「うわっ!」

ぎゅっと手を握られて目線を下に向けると、ベッドに頬づえをつきながら低いパイプ椅子に座った柊くんがこちらを見ていた。

へっ!?

どどどういうこと!?

「柊くん、なんで……」

「なんでって……俺がここまで運んできたんだよ？」

は、は、運んできた!?

柊くんは一体何を言ってるんだろう。

「静音、試合中に倒れたんだよ」

「えっ」

そういえば……柊くんの声が聞こえた気がしたっけ。

って……ちょっと待って。
　運んだって……。
　だんだん自分の顔が赤くなっていくのが、見なくてもわかる。
「ご、ごめんなさいっ！」
　私は、身体から布団を剥がして柊くんに頭を下げる。
「なんで謝ってるの？　顔あげてよ」
「だ、だって……」
　絶対重かったに決まってる！
　それに……寝顔を柊くんに見せちゃったなんて……！
　ダイエットなんてしてないし、化粧だってしてないし！
　柊くんに幻滅されたに決まってるっ！
「お、重かったよね！　本当にごめんなさい！　それに寝顔まで……」
　今すぐ、穴を掘って入りたい。
　恥ずかしすぎるよ……。
　ううっ。
　なんだか泣きそうだ。
　——ピタッ。
　うつむいて顔を隠していると、少し冷たい手が私の頬に触れた。
「俺が勝手にやったことだから。それに……静音は可愛いよ」
　嘘だ。
　顔が余計熱くなる。

柊くんはどうして……こんな私のことを褒めてくれるんだろう。
「柊くんの目は……やっぱりおかしい」
「…………」
　柊くんが突然静かになったので、彼に顔を向ける。
「静音、勉強はできるのにそういうの本当ダメなんだね」
「えっ？」
「教えてあげよっか。俺が静音のこと、可愛いって思う理由」
　——ガタッ。
　柊くんは、パイプ椅子から立ちあがると、ベッドに座ってから私の頬を手で包んだまま、ゆっくりと距離を近づけてきた。
「……ほんっと、鈍感(どんかん)すぎだよ」
　綺麗な目が私を追うカメラのように、離してくれない。
　どんどん彼の顔が近づいてきて……。
「ひ、柊くんっ？」
　——ガラッ。
「柊くん、緒方さんまだ寝てる？」
　ドアが開く音がして、女の人がカーテン越しにそう言う。
　その瞬間、柊くんがパッと私の頬から手を離した。
「あ、今起きましたっ」
　柊くんは慌ててそう答えると、カーテンを開けた。
「あら、起こしちゃったかしらね」
　そう言いながらひょこっと顔を出したのは先月の身体測

定の時ぶりの養護教諭の先生。
「あ、大丈夫です！　休めました。すみません……」
「ああ、いいの、そのまま寝てなさい。今日は無理しない方がいいかもね」
「はぁ……すみません……」
　せっかくの球技大会、みんなと仲良くなれるチャンスだったかもしれないのに。
　私はガクッと肩を落とす。
　ん？
　ちょっと待って！
　球技大会!!
　そうだった!!　球技大会だよ!!
「柊くん！　柊くんたちのチームの試合は？　柊くんいないと困るよ！　早くみんなのところに……」
　すっかり忘れていた。
　だんだんと思い出す、さっきまでの記憶。
「ん……今は静音が心配だからいい」
「私は平気だよ！　横になったら随分よくなったし……」
「だけど……」
「あれ〜？　柊くん、いつになく駄々こねるじゃない」
「先生には関係ないっしょ」
　たしかに……。
　先生の言うとおりだ。
　普段の柊くんならクラスのことを考えてすぐにでも体育館に向かうはず。

「いい? 柊くんがここにいても緒方さんのためにできることはありません。緒方さんの分まで球技大会頑張ってきな〜」
　先生はそう言うと、柊くんの背中をポンッと叩いた。
「柊くん。心配してくれるのすっごくうれしいし、助けてくれてすごく感謝してるよ。だけど今は先生の言うとおり、私の分まで頑張ってきてほしい」
「…………」
「クラスの子たちが初めて私に話しかけてきてくれたの。頑張れって背中押してくれた柊くんのおかげだよ。だから、そんなみんなの悲しむ顔は見たくない」
　柊くんをひとり占めなんかしちゃいけない。
　みんな、柊くんのことが大好きなんだから。
「……うん。わかった。じゃあ絶対安静にしてるんだよ」
「了解ですっ」
「っ、……先生、静音のことよろしくね」
「はいはい。ほら、早く行ってきなさい」
　柊くんは再度、私の手をぎゅっとして、先生に背中を押されるまま、保健室をあとにした。

第7章
打ち上げ

「もー！　めっちゃ心配したんだから！」
「あんまり無理するなよ〜」
「ごめんなさいっ！」
　私が体育館に戻った頃には、すべての試合が終わっていて、優勝チームの授賞式が舞台で行われていた。
　授賞式が終わって、うしろの方にいた私に気づいた鈴香ちゃんと、土田くんが声をかけてきてくれて、うれしくなった。
「緒方、大丈夫か？」
「よかったよ、無事で」
　同じチームだった増田くんや小野さんが話しかけてきて、クラスの一員になれた気がして、また少しうれしくなる。
　みんなに迷惑かけたことは変わらないけど、でも、こうやって心配されてるって気づけたのは、よかった。
「けど、本当残念だったよな〜。惜しくも２位！　もう少しで、焼肉だったのにぃ〜」
　そんな声がどこからか聞こえて、やっぱりズシンと肩が重くなる。
　私が柊くんを独占しちゃってたからだよ絶対。
「はーい！　みなさーん！　焼肉はお預けになりましたが、土曜日に打ち上げやるので忘れないでください！」
　学級委員長のそんな声が聞こえて、少し落ち込んでいたクラスのみんなの顔が一斉に明るくなった。
　打ち上げ……。

「うひゃー！　打ち上げとかＪＫ感やばし！　楽しみだね、静音っ！」

　うっ。

　鈴香ちゃんが私の肩に手を回してからなんともうれしそうにそう言った。

　クラス会とかそういうものに参加したことないものだから、いまいちピンとこないな。

「私……行ってもいいのかな？」

「はい？」

「だって……みんなに迷惑かけちゃったし……」

　倒れたことも、柊くんが試合に参加できなくなったのも。

　罪悪感でいっぱいだ。

「何言ってんだよ緒方。１回戦のサーブ、ちゃんと点になったじゃん」

「えっ、あ、えっと……」

　チームリーダーの増田くんが、私の肩をポンと叩いて笑顔を向けてくれたので、反応に戸惑ってしまう。

　こういう時、なんて言えば正解なんだろう。

　ザ・スポーツ少年の増田くんに話しかけられると、少しビクッと肩を震わせてしまうけど、彼のひとつひとつの言葉は本当に優しくて、ホッとする。

　あ、そういえば……私、増田くんからスポーツドリンクもらったんだっけ。

　ちゃんとお礼言わなくちゃ……。

「あ、ま、ます――っ!?」

「じゃっ」と言って、背中を向けて歩き出した増田くんに声をかけようとしたら、キュッ、と腕が引っぱられた。
　うしろを振り返ると、そこには目を細めて私を見つめる柊くんの姿。
「どうしたの……柊くん」
「べつに……」
「えっ、」
　べつにって……急に腕を掴むなんて。
　ひと言で片づけられるわけないって。
　腕を掴んだままの柊くんと掴まれた私のことを、教室に帰ろうと玄関に向かう生徒たちがチラチラと見ている。
　恥ずかしいって……。
「安静にしてなきゃダメじゃん」
「あ、大丈夫だよ。結構眠ったし……」
　先生から薬ももらって飲んだし、痛みも全然平気になっている。
　だけど柊くんの顔はまだなんだか不服そう。
「……柊くん？」
「……増田」
「えっ、増田くん？　どうしたの？」
　突然、増田くんの名前を出した柊くんに、彼の名前を聞き返す。
「っ、……いや、ごめん。なんでもない」
　柊くんは少し黙って頭をかくと、ゆっくりと手を離してくれた。

でもその瞬間、離されたのがちょっぴり寂しくて。
胸がまたどきんとなった。

そしてやってきた打ち上げ当日。
家で準備してる時から目的地のカラオケ店に着くまで、私の心臓はずっとドキドキしていた。
初めてだもん。
こんな……高校生みたいなこと。
今までだって、そういうものがなかったわけじゃなかったけど、こんな私は場違いなんじゃないかと思って、参加すらしなかったから。
店の前に到着すると、誰かが絶叫するような歌声が漏れきこえてきて、いつもは感じたことのない耳の違和感に緊張する。
深呼吸して店内に入ろうとした瞬間。
「静音〜〜!!」
もう慣れたその声にうしろを振り返る。
「鈴香ちゃん……」
いつもの金髪ロングヘアを今日はお団子にして、オフショルダーのレーストップスとショートパンツがまたよく似合っている。
華やかだな……。
キラキラしている鈴香ちゃんに、息を飲んだ。
「鈴香ちゃん……今日も可愛いね」
「どーもどーも!」

あまり口に出したことのなかったその気持ちが、思わず漏れてしまった。
　けど、鈴香ちゃんは軽く返すのがうまいし、やっぱり言われなれてるんだなと思う。
　もともと可愛い顔立ちなのに、ギャルで時々口が悪いなんて……世で言うギャップ萌えというやつなのではないか。
　そんな鈴香ちゃんの隣を、どう見ても胴長短足の私が歩くなんて……こんなの公開処刑みたいなものだ。
「あっ！　それ可愛い！」
　ふたりで店内に入って、みんなの待っている部屋に向かって歩いていると、鈴香ちゃんが私の耳を指差して言った。
　とっさに耳を隠してしまいそうになる。
　調子に乗ったかもしれない。私。
　みんなに置いていかれないようにしなきゃって……。
　似合いもしない、イヤリングなんて。
　変とか似合わないとか珍しいとか……そんなことを言われるかもしれないっていうのは重々承知でつけてきた。
　これは、高校の入学祝いに、悠ちゃんがくれたもの。
　今までつける機会なんてなかったから、今日は少し勇気を出してみた。
「めっちゃ似合うじゃん！　学校にもつけてくればいいのに！」
　目をキラキラさせてそう言う鈴香ちゃん。

おしゃれで可愛い鈴香ちゃんにそんなこと言われちゃうと、うれしくなっちゃうよ。
「いや、学校はイヤリング禁止だよ」
「え？　そうなの？　私毎日ピアスつけてるけど」
　鈴香ちゃんは、「可愛いノンホールピアスも売ってるお店を知ってるから、今度一緒に行こう」なんて言ってくれた。
　なんか本当に、華の女子高生みたいだよ。
「はぁーーい！　今日はパーッと飲んで食べて、ワァーッと歌いましょうー！　あ、もちろんジュースねー！」
　いつも以上にテンション高めの委員長のその声で、みんなが「おー！」と盛りあがる。
　大人数用のカラオケルームで、クラスメイトのみんなはピザを食べたりタンバリンを叩いたり、とにかくすごく楽しそうだ。
　そして……女の子はみんなすっごく可愛い。
　誰を見ても私服が可愛くて、自分が浮いているのがすぐわかる。
　イヤリングひとつしたところで何か変わるわけじゃないのはわかっていたけれど……。
　追いつけないな。
「もちろんトップバッターはこの人でしょ！　柊絢斗くん！」
　お調子者の男の子がそう言うと、柊くんはみんなに強引に前に引っぱり出され、マイクを渡された。

「え、ちょっ、俺？」

　柊くんの服装は黒っぽくてシンプルなのに、やっぱりどの角度から見てもイケメンだ。

　何を着ても、カッコいいな。

　みんなに押し出されマイクを持たされた柊くんは、勝手に選曲された今あちこちでよく流れてる人気の曲のイントロに苦笑して息を吸った。

「っ、」

　柊くんの歌声がマイクを通して聴こえた時、シーンとその場が静かになった。

　透き通るだけじゃないとても伸びる声。

　周りの女の子たちも、私だって……。

　カッコいい……。

　すっかり見惚れてしまう。

　歌まで上手に歌えちゃうなんて……どこまで柊くんは完璧なんだろうか。

　ずっと柊くんを見つめていると……。

　バチッと目が合って……。

　胸の鼓動が加速した。

「ねぇ、緒方さん」

　柊くんが歌いおわってパチパチとたくさんの拍手をもらっている時、不意に声をかけられて顔を向けるとクラスの人気者の藍沢さんがこちらを見ていた。

「は、はい。なんでしょうか……」

　増田くんと鈴香ちゃんの歌うデュエットが聴こえてく

る。
「……付き合ってるのかな？　柊くんと」
　大音量で曲が流れる部屋では、彼女の声が聞こえにくい。
　だけど、たしかに聴こえたそのセリフだけで私の耳は熱くなって身体のあちこちから汗が噴き出た。
　私と柊くんが付き合ってる!?
　そんなことあるはずがない。
　私みたいな地味な女子、人気者の柊くんとつりあうわけがないし……。
「あ、えっと……」
　緊張で思うように声が出てこない私に、藍沢さんはもう一度、口を少し大きく開けて話した。
「最近いい感じじゃない？　柊くんと高城さん」
「えっ」
　変な勘違いをした自分を殴ってしまいたい。
　恥ずかしい。
　もう少しで、声に出して否定するところだったよ。
　そうだよね……なんでそんな勘違いしちゃったんだろう。
　自分が柊くんと……そんなことありえないのに。
「あ、うん……そうだよね。付き合ってるかどうかはわかんないけど……」
「そーなんだ。緒方さんいつも一緒にいるから何か知ってるかなって思ったんだけど」
『そうだよね知るわけないよね』とつけたしてから、藍沢

さんは自分の席へと戻っていった。
　あぁ、バカだ。なんでひとりで勝手にみじめな気持ちになってるんだろう。
　イヤリングをしたからって、顔が急に可愛い芸能人のようになるわけじゃないのに。
　ほんっと……恥ずかしい。
「ほんっとごめんっ！」
「おいおい、めっちゃいいところで止めんなよ〜高城」
　ひとり心の中で反省会をしていると、急に流れていた曲が止まったので前を見る。
　そこには鈴香ちゃんが持っていたマイクの代わりにカバンを持っていた。
　表情はなんだかすごく慌てた様子だ。
　どうしたんだろう。
「急に用事ができた！　悪いけど私はこれで失礼！」
「え、ちょ、高城！」
「あ、あの、鈴香ちゃん!?」
　ズンズンとドアの方へ向かっていく彼女に、私も声をかける。
「静音もマジでごめん！　今度ふたりで行こーな！」
　鈴香ちゃんはそう言って、私の頭をクシャクシャッと撫でると、急ぎ足で部屋を出ていった。
「高城、どうしたんだろうな……」
「バイトじゃないかな？　高城のことだからシフト入ってたの忘れてたんだろう」

立ちつくした増田くんと土田くんがそんな言い合いをすると、周りは「そっかそっか」とさっきのおしゃべりの続きを始めたり、曲を選びはじめた。
　鈴香ちゃんがいない空間。
　そこはやっぱり私にとって息苦しく感じた。
　もう……急にいなくなっちゃうんだもん。
　私は静かに立ちあがって、外の空気を吸うために部屋を出た。
　――ガチャ。
「フー」
　部屋を出ると、同じ色の同じ形をしたドアがいくつもあって、なんだか迷路に入った気分になる。
　たしか、1階にベンチがあったよね。
　入ってきた時に見たベンチを思い出して、そこに向かった。

　やっぱり人混みは疲れるな……。
　球技大会のあの日、なんだか一瞬でもみんなの仲間として認められた感覚になっていた。
　けれど、それは違ったみたいだ。
　チームで何かを達成した、その時だけの空気感にすぎない。
「……はぁ……ダメだな……」
　思わず、声を漏らしてしまう。
　誰も聞いてないし、いいよね。

ほかの部屋からは壁をへだてて曇った歌声がかすかに聞こえてくるし、私の今のひとり言なんて誰にも届かない。
「しーずねっ♪」
　名前を呼ぶ声がしてびっくりして顔を上げて振り返る。
「えっ」
　そこに立っていた人物を見て、身体が固まってしまった。
「……なんで、ここに」
　そこに立っていたのは、おでこがよく見えるいつものアップバングスタイルの増田くん。
　どうして彼がこんなところにいるんだろう。
　たしか、鈴香ちゃんが帰ったからほかの子とまたデュエットしてたはずじゃ……。
　っていうか、今、さらっと私の下の名前を呼んだよね？
　思わぬ増田くんの登場に戸惑ってしまう。
「ごめん。びっくりさせた？　ほら、柊がよく名前で呼んでるからさ。真似してみた」
　増田くんは爽やかな笑顔でそう言うと、私の隣にちょこんと座った。
　ど、ど、どうしよう。
　こんな近くに男の子がいるなんて……柊くん以来だ。
「増田くん、歌は？」
「あぁ、歌いおわったよ。ちょっと休憩しに出てきた」
「あ、そうなんだ……」
　どうしよう……会話を続けられない。
　何かもっと……聞かなくちゃ……。

会話のキャッチボールというものに慣れていない私は、頭をフル回転させる。
　そういえば、普段は柊くんが話しかけてくれるから、困ったことがなかったな。
「あ、耳、可愛い」
「えっ、あ……」
　増田くんがフワッと私の髪に触れ髪の隙間から私の耳を見つめている。
　うぅ、何これ……なんか恥ずかしい。
「柊、気づいた？」
「へっ」
　バチッと増田くんと目が合って慌ててそらす。
　なんで今、柊くんの名前を出したんだろうか。
「イヤリング」
「えっ、いや、……見せてないよ」
「ふーん」
「いた！　増田ーー！　お前曲入れたまま便所行ってんじゃねーよ！」
　突然、声がして振りむくとクラスメイトの男の子が呆れた顔をしながら増田くんを見ていた。
「あぁ、悪い悪い。緒方も行こ」
　増田くんは何か言いたげな表情のまま、そう言ってから私の手を捕まえた。
「静音っ！　家まで送る」
「柊くん……」

打ち上げを終えてカラオケ店を出た時、あたりは薄暗くなっていた。
　柊くんが笑顔で走り寄ってきて、うれしくなる。
　やっぱり、いい人だな……柊くん。
「柊くーん！　二次会行こーよ！」
「お前がいねぇと盛りあがんねーよ」
　少し離れたとこから、目立つ男女のグループがそう言って柊くんを誘う。
　だよね……やっぱり柊くんはそういうキラキラした世界がよく似合うよ。
「あ、ごめん、俺パスだわ。今度な！」
「え〜残念〜」
　柊くんが断るとあからさまにみんなテンションが下がり出してしまった。
　あぁ、この空気……どうにかしなきゃ……。
　なんか責任を感じてしまう。
「あの、柊くん。私はひとりで帰れるよ？」
「…………」
　柊くんは何も言わずにこちらをただ見つめている。
　私……なんか変なこと言ったかな。
「静音のバカ」
「へっ!?」
　突然の悪口に、驚きで口が開いてしまう。
　なんで急に!?
「帰るよっ」

「わっ」
　柊くんは、私の手を捕まえるとぎゅっと握ってズンズンと歩き出した。
　いや……みんなに見られるって!!
「ちょ！　柊くん、手！」
「こーしないと、静音、ふらーとひとりでどっか行っちゃうんだもん」
「い、行かないよ！」
　そんな迷子の子どもみたいな言い方しなくても……。
「柊くんってば……」
　学年で一番の人気者の彼と手をつないでるのがバレたら、それこそ学校で生きていけなくなってしまう。
「増田とはつなぐのに、俺はダメなの？」
「えっ、」
　なんで今増田くんの名前が出てくるの……。
　増田くんと手をつないだ覚えなんて……。
「あ……」
　思い出した。
　カラオケルームにふたりで帰った時の話か。
　あの時はすごく急だったし、気づいた頃には増田くんに手を掴まれたまま部屋の前に立っていたんだ。
「あれは……す、すごく急で……断る余裕がなかっただけなの……」
「それは？」
「えっ」

顔を上げると、私の耳に視線を合わせた柊くんがまだご機嫌斜めな顔でいた。
「あ、えっと……これは……」
　不意打ちで聞かれてしまって、恥ずかしくなって耳を触る。
　みんなみたいになりたかったとか、恥ずかしすぎて言えるわけない。
「ああいう、人がいっぱいいるところではイヤリングはつけない方がいいよ」
「……っ、」
　なんで傷ついているんだろう。
　柊くんの言ってることはごもっともだ。
　私みたいな人間が今さらつけたところで、自分がみじめになるだけだもん。
「……ご、ごめんなさい、もうしな──」
「ほかの人が……」
　私の言葉を遮るように、突然、ひんやりした手が私の頬に触れた。
　少しだけ細めた柊くんの瞳が私を見つめて離さない。
　この角度から見る柊くんはいつにもましてイケメンだ。
　綺麗なフェイスラインがよく見える。
「ほかの人が……静音に惚れたらどーすんのさ」
　思いもよらなかったセリフが発せられて、私の顔の火照りは最大になる。
　惚れる……とは……一体……。

「男は揺れるものに惹かれるって聞いたことないの？」
「えっと……なんとなく……聞いたことある」
「でしょ。だから、気をつけなよ」
　柊くんはそう言いながら私のイヤリングにそっと触れた。
「ひっ」
　耳たぶに柊くんの指が触れて、思わず変な声が出てしまった。
「やっぱりダメなんだ？　耳を触られるの」
「……～～っ」
　なんだか少し意地悪な柊くんに何も言えず、ただ目をそらすことしかできない。
　今、顔を赤くしているのも、柊くんの指が触れたことも、なんだかすごく恥ずかしい……。
「ごめん。あんまりにも可愛いからつい」
　柊くんは、グッと近づけていた顔を離してから、耳に触れていた指を私の頭の上に持っていってそう呟く。
「それ、すっごく静音に似合ってるよ。悔しいくらいに」
　彼は小さな声でそう言って、歩き出した。
　悔しいって、どういうことなんだろう？
「あ、静音おかえりっ！」
　家まであと5メートルというところで、名前を呼ばれて顔を上げる。
　そこには、家の玄関の前ににっこり笑顔でこちらに手を振ってる悠ちゃんがいた。

「悠ちゃんっ！　どうしたの？」
「あ、ちょうどよかった。静音にkisekiのプリンあげようと思っ……そちらは？」
　うれしそうに話していた悠ちゃんは、私の隣に立つ柊くんに気づいて私に聞いた。
「あ、えっと……クラスメイトの柊くん。今日、球技大会の打ち上げだったから、うちまで送ってくれたの」
「初めまして。柊絢斗です」
　柊くんはペコリと頭を下げて自己紹介をした。
　礼儀正しい柊くんも、カッコいいなぁ。
　改めて、今隣に立っている人が学年ナンバーワンの人気者の彼だと認識して、恐れ多い気持ちになってしまう。
「へ〜。柊くんかぁ。あ、川原悠二っていいます。いつも静音がお世話になってます」
　あれ……なんか悠ちゃん……。
　いつものように笑ってるはずなのに、笑ってないように見えるのは気のせいかな……。
「あ、えっと、悠ちゃんは私の幼なじみですぐ隣に住んでるの。あと、この間柊くんちに持っていったケーキ、悠ちゃんのバイト先のなんだ！」
「……へ〜。あれ、すっごくおいしかった、けど……」
　あれ……なんか柊くんも、不機嫌に戻ってる？　私、何かやらかしただろうか……。
「そりゃ、どーも、柊くん。静音、話があるから早く家に入って」

「えっ、ちょ、悠ちゃん!?」
　悠ちゃんは突然私の腕を捕まえると、私の身体をグイッと自分の方に寄せた。
　確実になんだか怒ってるよ……。

「誰」
　柊くんにちゃんと送ってくれたお礼をしないまま、悠ちゃんに促されてソファに座ると、不機嫌な彼の声が家の中に響いた。
「さっきもちゃんと説明したよ……。クラスメイトの柊くんだって……」
「うん。それは聞いたよ。俺が聞きたいのはそういうことじゃなくて……」
「えっ？」
　聞き返すと、悠ちゃんは自分の頭をクシャクシャとかいて「はぁー」と大きなため息をついた。
　悠ちゃんのこんな姿を見るのは初めてなので、なんて声をかけていいのかわからない。
「ふたりはお付き合い、してるの？」
　悠ちゃんの口から衝撃的なセリフが飛び出してきて、私の顔は最高潮に熱くなる。
　心臓もやたらドキドキとうるさい。
「っ、そ、その顔！　やっぱり付き合ってるのか！」
　悠ちゃんが声を大きくしてそう言うので、慌ててブンブンと首を振る。

「そんなわけないじゃんっ！　私と柊くんとか住んでる次元が違うんだから！」
「…………」
　悠ちゃんはまだ疑いの目を私に向けている。
「柊くん、クラスでもすごい人気者だし、本当は私みたいなのがそばを歩いちゃいけないの」
「でも、あいつは楽しそうだったよ？」
「柊くんは優しいから……私のこと気遣って一緒にいてくれてるの。それだけだよ」
　きっと、相手が私じゃなくても柊くんは優しく接してくれる人だ。
「じゃあ、彼とはただのお友達なんだね？」
「うん。そうだよ」
「そのイヤリングを初めて外でつけたのと彼は関係ないんだよね？」
　悠ちゃんが突然、イヤリングに視線を向けたので手で隠すように耳を触る。悠ちゃんの鋭い質問に口ごもってしまう。
「全然つけてくれないから、もしかして、静音はこのイヤリング気にいらなかったんじゃないかって、内心ずっと不安だったんだよ」
「うっ、ごめんなさい」
「じゃあ、ずっとつけてくれなかったそれを、急につけた理由って？」
「…………」

わからないと言ったら嘘になる。
けど、こんなこと恥ずかしくて言えないよ。
『柊くんに見てほしかった』
『みんなに追いつきたかった』
なんて。
「静音、好きなんでしょ？　彼のこと」
悠ちゃんの声に、心臓の鳴る音が速くなる。
ずっと言えなかったこと。
本当は自分でも薄々気づいていたけど、こんな私にそんな資格ないなんて思っていた。
今だってその気持ちは変わらない。
だけど……。
ずっと近くにいてくれた悠ちゃんには……。
本当の気持ちを打ちあけてもいいのかな。
私は、長い間をおいてゆっくりとうなずいた。

第8章
夏休み・プール

「えー、1学期も残り1週間となりましたが……」
　朝のＨＲで泉先生の声が教室に響く。
　残り……1週間……。
　クラスが一気にザワザワしはじめる。
　もう、夏休みに入るのか……。
「はーい！　だからって浮かれないように、最後まで気を引きしめてください。この時期はとくに、気のゆるみで生徒の事件や事故が多いですから」
　きっと泉先生のそんな声は一部の生徒にしか聞こえていないだろう。
　去年の夏休みの思い出といえば……悠ちゃんの作る試作品のケーキを食べすぎてお腹をこわしちゃったってことくらいだ。
　あの時は、可笑しいくらい悠ちゃんが私に謝ってたっけ。
　勝手に食べすぎた私が悪かっただけなのに。
「……ね！　静音っ！」
「あっ、ごめん！」
　名前を呼ばれてハッとすると、目の前に鈴香ちゃんが立っていた。
「プール!?」
「そ。4人で」
　と鈴香ちゃん。
　私の席を囲むように集まった、柊くん、鈴香ちゃん、土田くん。
　3人は、夏休みの初日、さっそく4人でプールに行こう

郵便はがき

104-0031

お手数ですが切手をおはりください。

東京都中央区京橋1-3-1
八重洲口大栄ビル7階

**スターツ出版（株） 書籍編集部
愛読者アンケート係**

(フリガナ)
氏　名

住　所　〒

TEL　　　　　　　　　　　携帯／PHS

E-Mailアドレス

年齢　　　　　　　　　　　性別

職業
1. 学生（小・中・高・大学(院)・専門学校）　2. 会社員・公務員
3. 会社・団体役員　4. パート・アルバイト　5. 自営業
6. 自由業（　　　　　　　　　　　　　　　　　）7. 主婦　8. 無職
9. その他（　　　　　　　　　　　　　　　　　　　　　　　　　　）

今後、小社から新刊等の各種ご案内やアンケートのお願いをお送りしてもよろしいですか？
1. はい　2. いいえ　3. すでに届いている

※お手数ですが裏面もご記入ください。

お客様の情報を統計調査データとして使用するために利用させていただきます。
また頂いた個人情報に弊社からのお知らせをお送りさせて頂く場合があります。
個人情報保護管理責任者:スターツ出版株式会社 販売部 部長
連絡先:TEL 03-6202-0311

愛読者カード

お買い上げいただき、ありがとうございました!
今後の編集の参考にさせていただきますので、
下記の設問にお答えいただければ幸いです。よろしくお願いいたします。

本書のタイトル(　　　　　　　　　　　　　　　　　　　　　　　　　　　)

ご購入の理由は?　1. 内容に興味がある　2. タイトルにひかれた　3. カバー(装丁)が好き　4. 帯(表紙に巻いてある言葉)にひかれた　5. 本の巻末広告を見て　6. ケータイ小説サイト「野いちご」を見て　7. 友達からの口コミ　8. 雑誌・紹介記事をみて　9. 本でしか読めない番外編や追加エピソードがある　10. 著者のファンだから　11. あらすじを見て　12. その他(　　　　　　　　　　　)

本書を読んだ感想は?　1. とても満足　2. 満足　3. ふつう　4. 不満

本書の作品をケータイ小説サイト「野いちご」で読んだことがありますか?
1. 読んだ　2. 途中まで読んだ　3. 読んだことがない　4.「野いちご」を知らない

上の質問で、1または2と答えた人に質問です。「野いちご」で読んだことのある作品を、本でもご購入された理由は?　1. また読み返したいから　2. いつでも読めるように手元においておきたいから　3. カバー(装丁)が良かったから　4. 著者のファンだから　5. その他(　　　　　　　　　　　　　　　　　　　　　　　　　　)

1カ月に何冊くらいケータイ小説を本で買いますか?　1. 1〜2冊買う　2. 3冊以上買う　3. 不定期で時々買う　4. 昔はよく買っていたが今はめったに買わない　5. 今回はじめて買った

本を選ぶときに参考にするものは?　1. 友達からの口コミ　2. 書店で見て　3. ホームページ　4. 雑誌　5. テレビ　6. その他(　　　　　　　　　　　　　　)

スマホ、ケータイは持ってますか?
1. スマホを持っている　2. ガラケーを持っている　3. 持っていない

学校で朝読書の時間はありますか?　1. ある　2. 今年からなくなった　3. 昔はあった　4. ない

ご意見・ご感想をお聞かせください。

文庫化希望の作品があったら教えて下さい。

学校や生活の中で、興味関心のあること、悩みごとなどあれば、教えてください。

いただいたご意見を本の帯または新聞・雑誌・インターネット等の広告に使用させていただいてもよろしいですか?　1. よい　2. 匿名ならOK　3. 不可

ご協力、ありがとうございました!

と言い出した。
「えっと……」
「何。静音、予定あるの？」
　私の机に両手をついて前のめりで聞いてくる鈴香ちゃんは、まるでテレビドラマの中で容疑者に圧をかける強面の刑事さんみたいだ。
「いや、実は、私……泳ぐのが苦手でして」
　やっと出てきた言いわけだけど、理由はほかにもある。
　私が持ってる水着は学校指定のスクール水着くらいだし、そもそも露出の多い格好なんか、柊くんの見てる前でするのは無理がある。
「いやいや、そんな体育の授業じゃないんだから……なんていうか、水に浮かぶ程度だよ？」
　やっぱり、泳ぎが苦手なんて断る理由としては無理だったかな……。
「んー……それだけじゃないんだけど……」

「水着を持ってない？」
「……うん。それに、私、鈴香ちゃんみたくスタイルよくないし……」
　掃除の時間。
　担当である、体育館の玄関の掃き掃除をしながら、鈴香ちゃんにプールに行きたくない本当の理由を話した。
　さっきは、男の子ふたりにはさすがに話せなくて言葉を濁したけど。

「なんだそんなこと？」
「そ、そんなことって、大事なことだよ……」
「よし！　じゃあ今週の休み、一緒に水着買いに行こ！」
「えっ、でも……」
「静音が来ないなら私も行かないし。お願いだから、一緒に行こうよ。親友のお願いだよ？」
「うっ」
　鈴香ちゃんは、私が『親友』って言葉に弱いのを知っているみたいだ。
　今まで親友なんていなかったから、その響きだけでうれしくなっちゃう。
「うん。わかった」
　私が小さくうなずくと、鈴香ちゃんはうれしそうにニカッと笑った。
「そういえば、鈴香ちゃん」
「ん？」
　打ち上げの日、慌てて帰ったけど大丈夫だったのかな。
　もしかして、本当にバイトの日を忘れていたとか？
「打ち上げの日、大丈夫だった？　すごく慌ててたみたいだけど」
「あ、あぁ……うん。なんでもなかったみたい。大丈夫」
　ん？　みたいって？
　鈴香ちゃんの返答になんだか違和感を抱いたけど、でも大丈夫だと言われたらそれ以上聞けなくて、私は「そっか」とだけ答えた。

やっぱり……。
　何かある気がする。
　最近、柊くんと鈴香ちゃんはふたりでコソコソと話すことが多い。
　正確には、打ち上げの次の日から。
　私のことを親友だって言ってくれてる鈴香ちゃんだけど、本当にそう思ってくれてるのかはわからない。
　柊くんも、鈴香ちゃんと何を話してるのか私に教える気はなさそう。
　一体何があったんだろう……？
『鈴香ちゃんは柊くんのことが好きなの？』
『柊くんは鈴香ちゃんのこと好きなの？』
　ふたりに本当に聞きたいことは、絶対聞けない。
『うん』
　ともし返事が返ってきたら。
　私は今みたいにふたりと接することはできないだろうし。
「今年の夏休みは、今までできなかったこと全部やるんだ！　花火大会にも行きたいな〜浴衣着て。あ、静音も着るよね！　浴衣！」
　私と初めて仲良くしてくれて、初めてできた女友達。
　大切にしたいのに、こんなにうれしいのに。
　そんな友達と同じ人を好きだったらどうしよう。
「静音、聞いてる？」
「あ、うん、ごめん！」

「夏休み楽しみすぎて上の空ってか〜?」
　鈴香ちゃんはそう言って、私の頭をクシャッと撫でた。
「楽しみだね、夏休み!」
　そう笑った友達に「うん」と心から笑えていない笑顔で返事をした。

「うわ〜人がいっぱいだね〜!」
「朝は結構空(す)いてると思ったんだけど」
　鈴香ちゃんと土田くんが、私より一歩前に出てプールの人だかりを見ながらそう言った。
　あぁ……。
　私やっぱり場違いだよ。
　ラップタオルの下に着ている水着を思い出しては恥ずかしくなる。
　一昨日、鈴香ちゃんになかば強引に「絶対これだ!」と言われて買っちゃったけど……。
　ダメだっ!　やっぱり絶対無理!
　それに比べて……。
　鈴香ちゃんは、黒のフリルのついたセクシーなビキニで堂々とあたりを歩いている。
　いや……それが普通なんだと思うけどさ……。
　周りを見ても、可愛くて華やかな女の子たちが自撮り棒にセットしたスマホで写真を撮ったり、身体の倍はある大きな浮き輪でぷかぷか浮かんでいて、なんともまあ、おしゃれな世界が広がっていた。

私の思っていたプールとは全然違うよ。
「おぉー！　ウォータースライダーだ！　私あれやってくる！」
「お、じゃあ俺も行く！」
　駆け出そうとした鈴香ちゃんは、途中監視員(かんし)のお兄さんに「走らないっ！」と注意されている。
　それなのに本人はお構いなしですごく楽しそう。
　私も鈴香ちゃんくらいナイスバディで、顔も可愛かったら……。
「静音、人混みダメだった？」
　うっ。
　黙りこくる私に、柊くんが優しく声をかけてくれる。
　すみません、上半身裸の柊くんのことなんて、ちゃんと見れやしないよ。
　細いのにちゃんと筋肉がついているし……。
　ほら……もう周りの女の子は柊くんに釘づけだよ。
　うぅ、帰りたい。
　こんな私がいる場所じゃないよ。
「……ううん。大丈夫！　プールは小学生以来で……ちょっと緊張してるだけだから。柊くんもウォータースライダー行って——うわ！」
　突然、柊くんの手が伸びてきて私の腰に巻かれると、私の身体をキュッと引き寄せた。
　な、何ごと!?
　は、は、裸の柊くんが近いんですけども!!

「ねぇ、それ、いつ脱ぐの？」
　耳もとで柊くんがそうささやくと、背筋がゾクッとしてくすぐったくなる。
　こうやってすぐに私をもてあそぶ柊くんも柊くんだけど、いつまでたってもなかなか慣れない私も私だ。
　心臓の音……こんなに大きかったら絶対聞こえちゃう。
「で、できるだけ、脱がないです」
「そんなことしたらプール入れないよ」
「っ、いいです」
「よくないでしょ」
　顔を上げると、やっぱりブレずにカッコいい、いや、夏の日差しでいつもより何倍もキラキラした柊くんが少し困った顔でこちらを見つめている。
「俺、静音の水着姿、すっげー見たいんだけど」
　さらにささやく彼は、やっぱり意地悪だ。

「し〜ず〜ね〜！　ひ〜い〜ら〜ぎ〜！」
　突然、大きな呼び声が聞こえてきて、私たちは同時にパッと身体を離した。
　声の出どころを見ると、ウォータースライダーのスタート位置に立った鈴香ちゃんがこちらに手を振っていた。
「あ、鈴香ちゃんだ」
　こちらにブンブンと手を振ってる鈴香ちゃんに手を振り返す。
　お茶目で可愛いなぁほんと。

「……ほんっと、こういう時だけは子どもだな」

　柊くんの小さく吐いたセリフに私の頭は一気にハテナマークがあふれる。なんだか意味深なセリフ。

　一体……どういう意味なんだろう。

　プールのスタッフに促されて、ウォータースライダーに身体を預けた鈴香ちゃんは、すごいスピードですべっていく。

　遠くから見てても、本人がすごく楽しそうにしているのがわかって、こっちまで口もとがゆるんだ。

「めっちゃ楽しいよ！　静音もすべってきなよ！」

　ウォータースライダーから帰ってきた鈴香ちゃんは、まだプールに足さえもつけてもいない私にそう言った。

「いや、私は……」

「っていうかそれ！　いつまで着てる気！」

　鈴香ちゃんが呆れたようにそう言う。

　あぁ、この状況、もうさすがに脱がなきゃダメだよね。

「何？　私のセンスを疑ってんの？」

「いやいや！　そんなことないよっ！　全然ない！」

「じゃあさっさとそれ脱げ！」

　うっ。

　ピシッと私のことを指差す鈴香ちゃんにこれ以上は逆らえない。

　私は、ゆっくりとボタンを外してから、ラップタオルを脱いだ。

　恥ずかしすぎるから、顔は絶対に上げられない。

「ほら〜〜っ！　やっぱり似合うじゃん！」
「っ、、こんなの初めてだからっ」
　ピンクのローズがちりばめられたワンピースの水着。
　お腹とお尻が隠れてくれてはいるけれど、露出が多くて身体のラインがよく見えて恥ずかしい。
「おぉ、似合ってるじゃん、緒方」
「っ、い、いや……」
　土田くんのストレートな感想に、お世辞だとしても戸惑ってしまう。
　慣れないなぁ……褒められるの。
「土田、高城」
　黙っていた柊くんが突然、ふたりの名前を呼んだので、ふたりが一緒に首を傾げる。
「ちょっと、この子借りるね」
「えっ!?」
　私と鈴香ちゃんが同時に声を上げた瞬間、柊くんは私の腕を捕まえた。
「じゃあ、お昼に合流な〜」
　歩き出す柊くんと引っぱられていく私に手を振りながらそう言う土田くんは、まるでこうなることをわかってたみたいに落ちついている。
　一方の鈴香ちゃんは「またひとり占めかよ！　柊！」と叫んだ。

「あの、柊くん、どうしたの……せっかくみんなで来たの

に……」
　せっかく４人で来たのに別行動なんて……。
　いや、けっして柊くんとふたりきりなのが嫌だとかそういうことじゃないけれど……。
　正直、この格好で柊くんの隣を歩くのは恥ずかしい。
「……柊くん？」
　黙ってズンズン歩く彼に再び声をかける。
「お説教だよ、お説教」
「っ、へ？」
　お、お説教？
　なんで!?
　私なんかやらかした!?
　やらかしたことといえばやっぱりこの水着……。
　ん〜と考えていると、柊くんが立ち止まって突然プールの中に入りはじめた。
　そこは洞窟型のプールで、カップルが数組、静かな雰囲気の中でイチャイチャを楽しんでいた。
　え、説教するのに、なんでここなの？
「ほら、おいで」
　柊くんはそう言ってプールの中から手を伸ばした。
　これじゃまるで、本物のカップルみたいじゃない。
　私にとってはすごく、うれしいけど……。
　それでも、付き合ってもいないのにこんな風に一緒にいるなんて、なんだか悪いことをしている気分だ。
　って、違う違う違う。

私は今から柊くんに説教される立場。
　口もとをふにゃふにゃさせてちゃダメだ。
　パシャン、と水しぶきを飛ばしながら、私はプールの中へと入った。
　水の中に入ると、水着姿がゆらゆらとゆがんで見えるからこっちの方が安心する。
　ん？
　あれ？
　プールや周りの景色を見て、ふと気づくとさっきまで目の前にいたはずの柊くんがいなくなっていた。
「あれ？……ひ、柊くん？」
　どこを見ても、周りはカップルばかりで、柊くんの姿がない。
　嘘……。
　なんで？　さっきまでここにいたのに。
　もしかして、お、お、溺れた!?
　少し歩いてプールの中に目を向けても、人影はない。
「柊くんっ！　どこっ！」
　泣きそうになりながら、そう叫んだ瞬間……。
「本当、可愛すぎて困るんですが」
　突然、大好きな声が聞こえて、あたたかいものがうしろからぎゅっと私を抱きしめた。
「……っえ」
　肩に回された腕をジッと見つめる。
　へ？

「ここにいるよ」
　やっと首をうしろに向けることができると、濡れた髪の柊くんの姿があった。
「ひゃっ！」
　やっと状況を理解した私は、正面に戻した顔を両手でおおって柊くんから離れようとしたけど、その瞬間に柊くんは私の身体に回している腕の力を強めた。
「逃がさないよ？　静音が悪いんだから」
「へっ、えっと……あの」
「平気だと思ったんだけどな〜ダメだった」
　ん？
　柊くんの言ってることがまだわからない。
「土田はもちろん、ここにいるすべての男に、静音のこんなに可愛い水着姿を見せたくない」
　それは一体、どういうことなのでしょうか。
　私は黙って、濡れた柊くんの腕をじっと眺めることしかできない。
「ひ、柊くん、手を……」
「そんなに離してほしい？」
　ひっ！
　またそんなセリフを耳もとでささやくなんて！
　確信犯だよ！
「……うん」
「じゃあ、ちゃんとお願いしてよ」
「えっ？」

「絢斗って呼んで、離してってお願いしてよ、そしたら解いてあげるから」

　やっぱり柊くんは意地悪だ。

　柊くんの名前を呼ぶなんて……こんな公の場で。

「初めて、じゃないでしょ？」

「っ、」

「呼んでくれないと、噛むよ。耳」

　な、なんですって!?

　今、柊くんが言った言葉、聞きまちがいじゃないだろうか。

「そ、れは、ダメ！　絶対ダメ！」

「だよね〜苦手だもんね。静音」

「〜〜っ、」

　もうっ！

　いつもの優男、柊くんはどこに行ったの!?

　どっちが本当の柊くんかわからない。

　二重人格なのかな!?

「5秒前〜4〜〜3〜〜、2〜〜」

「わ！　わわわ！　わかった！　から！」

「うん。いい子だ」

　水のチャプチャプとした音や、水の中で触れる柊くんの肌の感触が、今まで体感したことがない感覚となって、いつも以上にドキドキが止まらない。

　だって、これは夢なんじゃないかと何度も瞬きをしたって、柊くんの上半身が裸であるのは変わらないし、柊くん

の身体がずっとどこかに触れてるんだもの。
「手を、そろそろ離してくれませんか？……絢斗くん」
「もう1回」
　2回言うなんて聞いてないよ！
「早く〜」
「っ,,、離してほしいです、絢斗くん？」
「どうして？　俺のこと嫌い？」
　へ!?
　離してくれない代わりに、柊くんはどんどんいろんな質問してくる。
「き、嫌いだなんてとんでもない！」
　最近、これが正真正銘の恋なんだってわかった以上、そんな嘘をつくことはできない。
「じゃあ、いいじゃん」
　そう言って、柊くんは私を抱え込んでいる腕にぎゅっと力を入れた。
　全然チャラそうに見えないのに。
　柊くんの今やってることは完全にそれだよ。
　それなのに、いちいちすべてがカッコよく決まっちゃうんだもんね。
　でもわかってる。人気者の柊くんにとって、こんなものアメリカ式挨拶のハグみたいなものだ。

side 絢斗

「は、恥ずかしいので、離してほしいです」

　自分で抱きしめておきながらあれなんだけれど。

　彼女の濡れた肌とかうなじが、想像以上に俺を刺激する。

　恥ずかしい、なんて言われてしまったら余計に離したくなくなってしまう。

　彼女にも、もっと大胆になってほしいのに、静音は絶対にどこかで自分にしっかりとラインを引く。

　ちゃんと告白すればいいことくらいわかってる。

　こんな状態のままで、中途半端に彼女に触れちゃいけないことも。

　だけど……。

　いざ告白して、振られたら。

　それこそ、こうして一緒にいられなくなりそうで嫌なんだ。

「柊くんっ、あの、早く……」

　だから、絢斗って呼んで、と言っているのに。

「違うでしょ」

「うっ、絢斗くん」

　うしろから抱きしめてるから、静音の顔が見えなくてよかった。

　もし、困ってる顔を見てたら、我慢できずに確実にキスしちゃってるよ。

　俺は仕方なく、静音の細い腰から手を離した。

「そこまでしてるなら、早く告白すればいいのに」
「わかってるよ、そんなこと」
　12時半、土田と高城と再び合流して俺は土田と一緒にプールエリアから少し離れた２階のフードコートで昼食を買いながら話す。
「付き合っていないのにイチャつくとかどーなんだよ」
「……わかってるけど」
「わかってねーからそういうことするんだろ？　柊王子ならなんでもありか」
　土田はなぜか不機嫌な様子で「ケッ」とつけくわえた。
　土田にしては珍しい。こんな風に感情を表に出してくるなんて。
「そんなんだから、高野にもあんな風に言われちゃうんだろ」
　高野さん。
　同じクラスで、この間の遠足で俺に告白してきた女子だ。
　声をかけられた時から薄々気づいてはいたけれど、まさか……。
「傷つけないように言ったつもりだよ」
「だから結果があんな風になったんじゃん」
　土田は『柊は優しすぎるんだよ』と言いながら、注文したハンバーガーセットを受けとる。
　土田の言いたいことはわかるけど、でも高野さんとは同じクラスだし、気まずい思いをするのは嫌だったから。
『柊くんのことずっとずっと、１年の頃からいいなって思っ

てました! よかったら、付き合ってください!』
　顔を赤く染めた高野さんが、ふざけてそんなこと言っていないことくらいわかっていた。
『ありがとう。高野さんの気持ち、すごくうれしいけど、俺、好きな人がいるから』
『それって、緒方さん……だよね?』
『あ、えっと……』
　簡単に当てられてしまって、自分がこんなにわかりやすい人間だと知って戸惑った。
『最近、妙に仲良いからそうかなって思ってたよ。彼女、いい子だしね』
　なら、話が早い。
　そう思って、改めて断ろうとしたら……。
『でも、まだ付き合ってないよね?』
『っ、え?』
『緒方さんに告白してるの?』
『それは……』
『じゃあ、私にもまだチャンスがあるよね。でも、私、仮にふたりが付き合ってたとしても、簡単に諦めないよ』
　高野さんはそう言うと、『話を聞いてくれてありがとう』と微笑みながらその場をあとにした。
「ちゃんと大好きな緒方以外は無理ですってきっぱり言わないから、あんな風に言われんの」
　あの日の出来事を陰から一部始終見ていた土田は、ため息まじりにそう言う。

「ごめん。そうだよな」
　優しすぎるというか、他人からどう思われているのか常に心配なんだ。
　だから、相手の顔色をうかがって怒らせないようにとか、傷つけないようにとか、そればかり考えてしまう。
　昔からそうで、もうクセみたいなもので。
　よく優しいと言われるけど、多分それは違っていて、俺は誰よりもずるいんだと思う。
「あ、……いや、俺こそごめん。なんか焦っちゃって」
「土田ー！　柊ー！　こっちこっちー！」
　ボソッと土田が呟いた瞬間、テラス席に腰かけた女の子が、大きな声で叫びながら俺たちに手を振っていた。
「おうっ！」
　高城に名前を呼ばれた土田の肩が、ビクッと動いたのを俺は見逃さなかった。
　そっか……。
　俺だけじゃない。
　土田だって、焦ってるよな。
「土田、ごめん」
　土田が走っていってから、俺は小さく呟く。
　彼にどうしても言いたいことを、俺はグッと唇を嚙みしめて堪え、彼女たちのいる席へと向かった。

第 9 章
夏休み・複雑な気持ち

side 静音

まだ夢見心地だ。

私に友達ができて、夏休みに誰かと遊ぶために予定が入るなんて。

しかも、あの柊くんとプールに行ったんだ。

「っ〜〜〜！」

叫び声を枕で抑えながら、ベッドの上で足をパタパタとさせる。

柊くんにプールで抱きしめられたあの日。

あれから3日たったのに、まだ彼の体温とか肌の感触を鮮明に覚えている。

思い出すたびに、顔が熱くなってしまう。

私……完全に柊くんのことが好きになってる。

けど、私にそんな資格ないって気持ちと、今の関係を壊したくないって気持ちが両方あって、前へ進もうなんて意識はさらさらない。

だけど……。

「会いたいな……」

昨日の夜、メッセージでやりとりしたばかりなのに。

いつの間にか柊くんに対して欲ばりになっている。

だけど、『好きです』なんて、許されるわけがない。

彼を好きな人はきっとたくさんいるんだから。この気持ちは、ちゃんとしまっとかなくちゃ。

——ガチャ。

「静音！　静音いるか!?」

ん?
　玄関から慌ただしい声が聞こえて、私はベッドからムクッと起きあがって居間に向かった。
「あ、悠ちゃん。バイトおつかれ。早かったね」
　ハァハァと息を上げながら家に入ってきた悠ちゃんはなんだかすごく急いで帰ってきたようだ。
　どうしたんだろう。
「どうしたの?　悠ちゃん」
　私は悠ちゃんに麦茶を入れるために冷蔵庫へと向かいながらそう聞く。
「柊絢斗」
　なんで、今、悠ちゃんの口から彼の名前が出てくるの?
「あいつ、やめた方がいい!」
「え?」
　突然なんなんだろう。
「静音が傷つくのを、俺は見たくないよ」
「悠ちゃん……急にどうしたの。なんかおかしいよ」
「おかしいのはあいつだよ!　静音に色目を使っておきながら……」
「え?」
　ボソボソひとり言みたいにしゃべる悠ちゃんが後半から何を言っているのか聞きとれなかった。
　何をそんなに慌てているんだろうか。
　悠ちゃんの顔は真剣そのもので、ふざけてるようには見えない。

「何が言いたいの、悠ちゃん」
　気の迷いをあらわすように、揺れている悠ちゃんの瞳をまっすぐに捉えながらもう一度聞く。
「とにかく、あいつはやめた方がいい。静音のためにも」
　悠ちゃんは、私の肩を捕まえそれしか言わなかった。
　どうしたのよ、一体……。

　夕飯を食べおわった悠ちゃんは帰っていった。
　お風呂から上がった私は、ドライヤーで髪の毛を乾かしながらあのあとの悠ちゃんの行動を思い返す。
「わかったから」と言いきかせると、悠ちゃんはホッとした顔を見せ、食事中はいつもの何十倍もおしゃべりだった。
　まるで、私を元気づけようとしてるみたいに。
　だって悠ちゃん、小さい頃、ママに怒られて落ち込んでる私を励ましてくれた時と同じ顔してたんだもん。
　変な悠ちゃん。
　──♪〜♪〜♪〜♪〜
　ん？
　ドライヤーのスイッチを切った丁度そのタイミングで、私のスマホの着信音が鳴り出した。
　時刻は午後8時。
　こんな時間に一体誰だろうか。
　スマホのロック画面を見ると、そこには『鈴香ちゃん』と表示されていた。
『今から会えないかな？　家に行っていい？』

スマホの向こうから、いつもの鈴香ちゃんの明るい声が聞こえてきた。
　こんな時間に会うって……どうしたんだろうか。鈴香ちゃんと会うのはプールの日以来。

　——ピンポーン。
　来た。
　なんか、今日は不思議なことが多いな。
　悠ちゃんのわけのわからない言葉や鈴香ちゃんの突然のお家訪問。
　私は急いで玄関に向かって、ドアを開けた。
　——ガチャッ。
「いらっしゃい鈴香ちゃん。道、大丈夫だった？」
　目の前に立っていたのは、やっぱりおしゃれで派手な鈴香ちゃん。
「楽勝。教えてもらった住所を地図アプリに入れたらすぐだよ」
「あぁ、そっか。よかった〜」
　そっと胸を撫でおろす。
　機械に疎（うと）い私はどうもそういう操作は苦手だから、初めてうちに来る鈴香ちゃんが迷わずに来れて安心する。
「いや、急に来たいなんて、私もごめん」
「ううん。全然大丈夫だよ！　ほら上がって」
　私はそう言って、来客用のスリッパを玄関に用意して鈴香ちゃんに履くように促す。

「この時間までバイトだったの？」
　鈴香ちゃんへのお茶を用意しながら、そう聞く。おしゃれな鈴香ちゃんとは真逆で、完全部屋着スタイルの自分が今さら恥ずかしくなる。
「うん」
　そう返事した鈴香ちゃんは、お茶をクビッと一気に飲んでからおかわりをリクエストしてきた。
　午後9時30分。
　こんな綺麗な女の子、ひとりで夜道をフラフラしちゃ危ないと思うんだけどな。
「気をつけてね。今はすごく物騒だから」
「大丈夫だよ。いつもこのくらいに帰ってるし」
「そうなんだ……」
　だけどやっぱり心配だ。
「それより！　これ！」
「ん？」
　ずっと気になっていたそれを、鈴香ちゃんがホイと私に渡した。
　黒い大きな紙袋。
「何？」
「見てみ。静音に似合うと思うから」
「え？」
　鈴香ちゃんに言われるまま、私は紙袋の中をのぞく。
　これって……。もしかして……。
　生成り色の布地に、ブルーの紫陽花がいくつも咲いてい

る。
「ゆ、浴衣？」
「ピンポーン！」
　いや、ピンポーンって……。
「これ……私に？」
「うんっ！　私にはそんな上品な色は似合わないから」
「でもこれ、鈴香ちゃんのなんじゃ……」
「ううん。実は、これはうちの母親の。おさがりでよければなんだけど……」
　いや、すごくうれしい。
　こんな可愛いもの、私なんかがもらっていいのだろうか。
　それに……。
「鈴香ちゃんのは？」
「うん。去年じいちゃんに買ってもらったのがあるんだ。去年は着られなかったから、今年は静音と一緒に着ようと思って」
「そっか〜！　鈴香ちゃん、おじいちゃんっ子だもんね」
　前に、勉強会で鈴香ちゃんがおじいちゃんの話をうれしそうにしていたのを覚えている。
　って——。
　ちょっと待って。
　鈴香ちゃん、今なんて言った？
『去年着られなかったから今年は静音と一緒に着ようと思って』

「え——!!!」
「ちょ、反応遅すぎかよ〜!」
　え、だってだってだってだって!!
「私、着るの？　鈴香ちゃんと浴衣？」
「うん。夏休み最終日の花火大会」
　まるで前から決まってみたいな顔でそう言う鈴香ちゃんに、思わず固まってしまう。
「女だけでと思ったんだけどな〜。ほか２名が多分うるさいはずだから、ふたりとはあとで合流しようかと思ってるよ」
　ほか２名とは言わずもわかる、柊くんと土田くんのことだろう。
　まさか、浴衣を着て大好きなみんなと花火大会なんて。
　すごく女子高生を満喫しすぎじゃない？　私。
　——ガチャ。
「ただいま〜〜!　あれ、お客さん？」
　あ、どうしようっ!
　ママが帰ってきた!
　リビングの壁にかけられた時計を見ると、時間は午後10時を回ろうとしていた。
「あ、ごめん。ママが帰ってきた!　ちょっと待ってて」
　鈴香ちゃんにそう言って、慌てて玄関でママを迎える。
「お、おかえりママ!」
「ただいま。こんな遅くにお客さん？」
　ママは玄関に並べられたスニーカーを見ながら、そう聞

いた。
「……うん、実は」
「あら」
「は、初めましてっ! 静音さんとお友達しています！高城鈴香といいます！」
　リビングに顔を出したママを見た瞬間、ソファに座っていた鈴香ちゃんは立ちあがってピシッと気をつけをしてママに挨拶した。
　鈴香ちゃんがすごく緊張しているのが、私にも伝わる。
　こういう挨拶、慣れていないんだな。
　カチカチに固まった鈴香ちゃんがなんだか可愛くて吹き出しそうになるのを堪える。
「同じクラスの鈴香ちゃん。今度の花火大会に誘ってくれて……浴衣持ってわざわざ来てくれたの」
　ママに軽く説明してから、紙袋を見せるように胸の方まで上げる。
「え～!? 本当に!? 静音がお友達と花火大会!?」
　ママは目を丸くさせながら、緊張している鈴香ちゃんと私を何度も交互に見つめた。
「あ、静音の母です。静音がいつもお世話になってます。この子内気だから、今まで家に連れてくる女の子の友達なんてできたことなくて」
　ママは思い出したように鈴香ちゃんにそう挨拶をした。
「へ、そうなんですか?」
「えぇ。鈴香ちゃんが初めてよ。ありがとう。わざわざ浴

衣まで……あ、もしかしてこの間の水着も……？」
「あ、はい。選んだだけですけど、静音には絶対似合うと思って！」
　鈴香ちゃんは力強くそう言うけど、隣で聞いてる私はすごく恥ずかしい。
　しかも……この間の水着、洗濯の時に何か言われるか内心ビクビクしていたけど、ママは何も触れてこなかったから安心してたのに。
　まさかここで言われるとは……。
　実に恥ずかしい。
　ママのバカァ。
「じゃあ、私はそろそろ……くわしいことはまた連絡するね静音。夜分遅くに失礼しました」
「えっ、こんな遅くにひとりで帰るの？」
　時計をチラッと見てカバンを持つ鈴香ちゃんに、ママがそう言った。
「いえ、バイト終わりはいつもこれくらいの時間に帰ってますし……」
　普段、泉先生にも敬語を使わない鈴香ちゃんが、うちのママに敬語で答えてるのが新鮮だ。
「鈴香ちゃんがよければ、泊まっていかない？　うちに」
　ん？
　ママ、今なんて？
「え、いいんですか!?」
　鈴香ちゃんは目を輝かせはじめる。

「おうちの人に許可とって、オッケーなら！　私は大歓迎よ！　うちに静音のお友達がいるなんて！」
　いやいやいやいや。
　待って鈴香ちゃん、待ってママ。
　私を置いていかないで。

「うわー！　ここがいつも静音が寝てるベッドか！」
　お風呂から出て、私のパジャマを着てる鈴香ちゃんは、なぜか目をキラキラさせながら、私の部屋をしげしげと眺める。
　反応がいちいちオーバーで面白い。
「ん〜！　フッカフカ！」
　床に敷いた来客用の布団にダイブした鈴香ちゃんは、うれしそうに頬を布団にスリスリする。
　もちろん、私は友達を部屋に泊めるなんて初めてのことだけど、鈴香ちゃんもお泊まりは初めてなのかな？
「こういうの、憧れてたからマジうれしい！」
　まるで私の心の声が聞こえたみたいに、こちらに目を向ける鈴香ちゃん。
「そうなんだ……私も初めてだよ。お友達を泊めたの」
「じゃあ私も静音も、今日がお泊まりデビューだ」
　と鈴香ちゃんはうれしそうに豪快に笑った。
　突然決まったお泊まりで、何にも準備していなかったから、どうしたらいいのかわからなくて、あとは寝るだけになってしまう。

普通は、まだ起きておしゃべりしたりトランプしたりするのかな。
「じゃあ、電気消すね」
「うんっ！」
　暗くなって布団に潜っても、すぐ横に鈴香ちゃんが寝ていると思うと緊張して、かえって目が冴えてくる。
「……静音？」
　鈴香ちゃんのささやくような声が私の部屋に響く。
「は、はいっ！」
「はい、って……。ごめん。なんか呼びたくなって」
　いつも誰よりも強く見える鈴香ちゃんだけど、今の声はなんだかすごく弱々しく聞こえた。
　『呼びたくなって』と言われて、うれしくないはずがない。
「静音が私のことどう思ってるか知らないけど、私は静音に会えて本当によかったって思ってる」
「そ、そんな！　私だって同じだよ。鈴香ちゃんが声かけてくれなかったら、今でも私はひとりぼっちだったと思う」
　思わず身体を起こしてそう言ってしまう。
「そう。それならよかった。花火大会、すっごく楽しみだね」
「うんっ」
　もっと鈴香ちゃんと仲良くなりたい。
　でも、鈴香ちゃんのこと、どこまで聞いていいのかわからない。
　私、鈴香ちゃんのことまだ何も知らない。
　聞きたいけど、聞けない。

そういえば、プールの時の柊くんは、鈴香ちゃんの何かを知ってるような感じだったな。
　柊くんには話せて、私に話せないことがあるのかな。
　鈴香ちゃんは私のこと親友だって言ってくれてるけど、本当にそう思ってくれてるのかな。
　友達ができたことも、好きな人ができたことも、初めてのことで、頭が感情に追いつかない。
　ねぇ、鈴香ちゃん。
　あなたは一体、何を考えているの？
　誰を一番想っているの？

「ほんっと楽しかった！　ありがとう静音！」
　翌日、うちで朝ご飯を食べおわった鈴香ちゃんは、玄関で私の手をぎゅっと握るとうれしそうにそう言った。
「ううん。今度はもっとちゃんとしたおもてなしできるようにするね」
「え～！　いいよ！　今回ので十分すぎた！　あ、浴衣の着付け、大丈夫？」
「うん。ママができると思う。鈴香ちゃんは？」
「私もお母さんにやってもらう。じゃあ、31日にね」
「うん！　またね！」
　鈴香ちゃんが振り返って、玄関のドアに手をかけた瞬間。
　──ガチャ。
　誰かが、外からドアを開けた。
「静音、今日も新作のケー……キ……って……君」

外からやってきたのは悠ちゃん。

白い箱を持っている。

悠ちゃんは帰ろうとしている鈴香ちゃんを見て固まってしまった。

あ、私の初めての女友達を紹介しなくちゃ！

「あの、悠ちゃん、こちら高城鈴香ちゃん。クラスメイトで最近仲良くなっ……」

「どういうつもりなのかな？」

「へ？」

鈴香ちゃんをじっとにらみつけながら声を出した悠ちゃんに、私はびっくりして思わず変な声を出してしまう。

どうしてそんな顔で、鈴香ちゃんのこと見ているの？

「あの悠ちゃ……」

「静音、この人は？」

もちろん悠ちゃんのことを知らない鈴香ちゃんは困った様子で振りむいて私の顔を見た。

「あ、ごめん。私の幼なじみの悠ちゃん」

「静音の幼なじみ……」

「出ていきなよ」

「え？　ちょっと悠ちゃん？　ごめんね、鈴香ちゃん……」

今までに見たことないぐらい怒った顔の悠ちゃんにどうしていいかわからない。

なんでそんなに怒っているんだろうか。

「いや、ううん。急にお邪魔したからね。すみませんでした。またね、静音」

鈴香ちゃんは早口でそう言って、急いで玄関を出ていってしまった。

「ちょっと悠ちゃん！　どうしたの？」
「っ、どうしたもこうしたも。静音、ああいう子と遊ぶのはやめた方がいいよ」
「え？　ああいう子って？　ちょっと悠ちゃんおかしいよ」
　昨夜は、突然、柊くんはやめた方がいいとか言い出して、今日は鈴香ちゃん？
　髪が金色だから？　格好が派手だから？
　なんで私が仲良くなる人のことをそんな風に言うの？
「おかしいのは静音だよ。なんでそんなに鈍感なの？　っていうか、あの男マジありえない」
「わかんないよ。柊くんも鈴香ちゃんもいい子なのに。こんな私と仲良くしてくれて……」
「まだ柊って奴とつるんでるの？」
「っ、だって……」
　おかしい。
　いつもの優しい悠ちゃんはどこにもいない。
「付き合ってるよ、あのふたり」
　え？
　何を言ってるの悠ちゃん。
　わからない。
　全然意味がわからないよ。
「何を勘違いしてるのかわからないけど……」

「勘違いじゃない」
「っ、嘘だよ！」
　だっておかしい。
　なんで悠ちゃんはそんな嘘をつくんだろう。
「この前あのふたりがキスしているのを見た」
「……!?」
　そんなもの嘘だ。
「全然面白くないよ、そんな冗談」
「冗談じゃない。逆に、静音は聞いたことあるの？　ふたりに。ちゃんと確認した？」
　確認も何も、付き合ってたらそもそもちゃんと報告してくれるだろうし、鈴香ちゃんの口からも柊くんの口からも『好きだ』なんて聞いたこと……。
「静音が初めて好きな人ができて、俺だって素直に応援しようって思ったんだ。だけど……そんな奴だと知った以上、もう無理だ」
「……っ、」
　喉の奥から何か出てきそうになって、息が苦しい。
　目の奥が熱くなる。
　意味がわからないけれど、悠ちゃんがこんな嘘を私に言いつづけるとは思えない。
　でも……でもおかしいじゃない。
　なんで鈴香ちゃんと付き合ってるのに、柊くんは、私にあんなことをしたの？
　自分の中で、今まで柊くんが私にしたことは、きっとみ

んなにしてることだって言いきかせてきたけれど。
　いざ、やっぱり自分だけじゃなかったと思うと、どうしてこんなに苦しいんだろう。
　あの柊くんが、私のことを好きかもって期待していたから？　最近、あのふたりがお似合いだと自分の中でも感じたから？
「っ、でも、ふたりは何も言わなかったよ」
　涙を流して、苦しくなりながら訴える。
「友達だから話す、なんて。そうとは限らないよ」
　悠ちゃんは小さな声で呟く。
「静音のためにも、あの子たちといるのはやめた方がいい」
　悠ちゃんはそう言って、私のことを抱き寄せた。

第10章
夏休み・花火大会

あれから１週間。
　ずっとモヤモヤしている。
　自分が柊くんとどうにかなるなんてありえないって思っていながら、もし柊くんに好きな子がいたらって考えると、嫌になる自分がいる……。
　恋をするとわがままになるものなんだな。
　しかも、相手は鈴香ちゃんだなんて。
　宿題をしようと勉強机にプリントや教科書を広げるけど、一問も解けない。
　シャーペンを持つだけで、教室や柊くんの部屋で勉強したことを思い出して、大きなため息をつくばかり。
　４人のグループメッセージをなんとなく開いて、鈴香ちゃんと柊くんのメッセージを読み返す。
「はぁ……」
　こんなこと……誰に相談すれば……。
　私の気持ちを知ってて、柊くんと鈴香ちゃんをよく知る人物。
　あ。
　ひとり……。
　いる。

「珍しいよね、緒方が俺を呼び出すなんて」
　学校から一番近いファストフード店。
　目の前に座る男の子に、少し緊張しながらうなずく。
　この人は、私の気持ちにとっくに気づいていると思う。

柊くんとは男同士だし、もしかしたら、土田くんにはそういう話しをしてるかもしれない。
「柊のこと？」
「うっ」
　飲んでいたオレンジジュースを吹き出しそうになって堪えた。それにしても、いきなりとは。
「なんでっ」
「なんでって。わかりやすすぎ」
　土田くんは笑ってそう言うとフライドポテトをつまんでパクッと口に入れた。
「ひ、柊くんって……」
「うん」
「す、好きな女の子とか……いるのかな〜？　なんて……」
　こんなことを自分から聞くことになるなんて。相手は柊くんじゃないのに、すごく恥ずかしい。
「なんで、それ、柊本人に聞かないの？」
「…………」
　聞けるわけないじゃないですか。
「す、好きなので……聞けないです」
　多分、今の私の顔はまっ赤だ。
　こんなこと自分の口から言うなんて。
　こういうことを自分で言っちゃうくらい、余裕がなくなってるんだと思う。
「……うわ、素直に認めるんだ。切羽詰まってるんだね。でも残念ながら、柊は好きな人いるよ？」

「そ、それって……やっぱり鈴香ちゃんなのかな？ その、あのふたりって付き合ってるのかな？」

土田くんの口から聞いちゃったら、確実に本当のことになっちゃう。怖いけど、知りたい。

「プッ、ハハハハハハハッ」

「え、ちょ、土田くん!?」

土田くんがあまりにも大きな声で笑うもんだから、私はキョロキョロとあたりを見回す。

みんな見てるじゃないの！

「ごめんごめん。でも、あのふたりはそういうのではないと思うよ。だとしたら俺が許さないし」

「へ？」

最後の部分がよく聞こえなくて聞き返す。

「ううん。とにかく、柊と高城は付き合ってない。断言できる」

土田くん、すごい自信を持っていうけど……。

「え、でも、でもね、私の幼なじみが、見たって言ってたの。鈴香ちゃんと柊くんが……その……キスをしてて……」

「ん？ それマジ？」

「マジです」

その瞬間、土田くんの顔色が変わって、んーと考えはじめた。

やっぱりあのふたり、私と土田くんにまで内緒で？

「……うん。ありえない」

「え」

「どんなに考えてもありえない。おかしい。それ、緒方の幼なじみの見まちがいだと思うよ」

　土田くんはそう言って、コーラをひと口飲む。

　こんなにはっきり言われると、あれは悠ちゃんの見まちがいだったのかなと思う。

　そうだよね。

　悠ちゃん、一度柊くんを見ただけだし、鈴香ちゃんのことだってこの前初めて顔を見ただけだし。もしかしたら悠ちゃんのまちがいってことも……。

「で、緒方これからどうすんの？」

「へ？」

　これから？

　土田くんの言葉に首を傾げる。

「いつまでもその気持ち、しまっとくつもり？」

「っ、だって……私に柊くんに告白する資格なんて……」

「告白する資格ない奴が、いっちょまえにヤキモチなんて、それこそそんな資格ねーんじゃねーの？」

　心臓に鋭い刃物が刺さったような衝撃。

　グサッて音が聞こえた気がしたくらい、土田くんの言葉が刺さった。

「……そう……だよね」

「まぁ、俺も人のこと言えないけどな」

　土田くんはそう言いながら、眉毛を下げて悲しそうに笑った。

「あ、柊に俺と会ったこと内緒な」

「ん、どうして……？」
「あいつ、怒ると思うし」
　ん？
　優しい柊くんが怒る？
「とにかく、お互い頑張ろうな」
　土田くんはそう言って、またポテトフライをほおばった。
　土田くんの意味深な言葉に、時々頭にはてなが浮かぶけれど。
　彼に相談してよかった。
　たくさんの不安が綺麗サッパリなくなったわけじゃないけれど。
　土田くんが言うように、そもそも告白もしてない私が、ふたりの仲を疑って勝手にヤキモチを焼くなんて、それこそおかしな話なんだ。
「ありがとう、土田くん」
　そうお礼を言ってから、私もフライドポテトをひと口食べた。

　そして……。
　やっとこの日がやってきた。
　鈴香ちゃんとの花火大会。
　土田くんに会うまでは不安で、正直行くのを断ろうかとまで考えていたけれど。
　今は、ちゃんと楽しみたいって気持ちの方が大きい。
　それに……。

「静音、よく似合うじゃない！」
いつもは仕事でいないママが、今日だけ特別に浴衣の着付けのために仕事を抜け出してきてくれたのだ。
鈴香ちゃんがくれた浴衣を全身鏡を通して見つめる。
すっごく綺麗な浴衣だ。
改めて、こんな素敵なものを私が着ていいものか悩む。
でも、この浴衣を見てると、今日はちゃんと楽しもうって心の底から思う。
ママにお化粧してもらったり、髪の毛をセットしてもらったりしたからかな。
いつもよりも、ほんの少しだけ自分に自信がもてる。
──ピンポーンッ。
「あ、鈴香ちゃん来たみたい」
ママも私に友達ができてすごくうれしそうだ。
私よりワクワクしてるもん。
「じゃあ、いってきます！」
「はい。楽しんできて。鈴香ちゃんにもよろしく」
「うんっ！」
急いで玄関に向かい、浴衣とセットでもらった下駄を履く。
「いってきまーすっ！」
──ガチャ。
「よっ！」
ドアを開けると、いつものように綺麗な足を大胆に見せている格好ではない彼女が、手を上げて立っていた。

「やっぱり似合う!　めっちゃ似合う!　想像を超えた可愛さだ、静音」
　鈴香ちゃんは、私の肩に手をポンと置いてうなずきながらそう言った。
　聞きたいことも心の中のモヤモヤもずっとある。
　だけどやっぱり、こんなにまっすぐ私のことを見てキラキラした笑顔を向けられると、ほんの少しだけ、悩んでることなんてどうでもいい気もしてしまう。
「鈴香ちゃんだって……すっごくすっごく綺麗で可愛い。似合ってる」
　全体が茜色(あかね)のレトロな雰囲気の浴衣。
　大きな梅(うめ)の花柄は、華やかな鈴香ちゃんによく合っている。
　素敵だな……。
　いつもとは違って、くるっとうしろでまとめられた金髪は鈴香ちゃんの大人っぽさを余計強調していた。
　うなじなんか、色っぽすぎる。
「ちょっと静音見すぎー!　照れんじゃん!」
　鈴香ちゃんはそう言って、私の背中を強めに叩いた。
「行こ〜ぜ〜!」
　浴衣の色とよく似合う巾着バッグをブンブン振り、鈴香ちゃんは慣れない下駄に苦戦しながらも笑顔で歩く。
　彼女が……もし、柊くんと付き合ってたら……。
　悠ちゃんが見たあれが本当だったら——。
　ふとそんなことを考えてしまって、顔を横に振る。

ダメだ。
　楽しむって、決めたんだもん。
　初めてできた、女友達。
「静音、メイクしてんだね」
　花火大会の会場まで歩いて向かっていると、鈴香ちゃんが私の顔をのぞいてきた。
「え、あっ、うん。せっかくだからって！　ママが」
「そっか〜。静音はお母さんと仲いいね。めっちゃよい人だし。すごい綺麗だし」
「そうかな？　普通だよ。鈴香ちゃん、この間泊まりに来た時、すごい緊張してたね」
　鈴香ちゃんは私の家に泊まった唯一の友達だ。
　あ、そういえばそのあとに……。
　悠ちゃんが鈴香ちゃんをにらんだあの光景を思い出して、また胸がザワザワする。
「そういえば……この間はごめんなさい。うちの悠ちゃんが……」
「いや、全然大丈夫。あの人、静音のことめっちゃ大切にしてるのすごく伝わったし。こんな見た目の私と大事な幼なじみが仲いいなんて知ったら、そりゃあんな風になるんじゃない？」
「ん……」
　鈴香ちゃんのような可愛くて派手な子が私の友達なんて、それも驚くことかもしれないけど、悠ちゃんはそのことであんなことを言ったんじゃない。

悠ちゃんは……。
あぁ、ダメだ。
考えないって決めたのに……。
「鈴香ちゃんって……」
「ん？」
　思わず名前を呼んで顔を上げると、優しい表情で首を傾げながらこちらを見てる鈴香ちゃんがいた。
　可愛い。
　浴衣は、鈴香ちゃんの可愛さを引き立てている。
「……鈴香ちゃんって、好きな……人とか……いるのかなー？　って」
「え〜突然何ー？」
　鈴香ちゃんは肘で私の腕をツンツンとしながら笑う。
「ごめんね。急に変なこと聞いて……」
　もし、ここで柊くんが好きだなんて言われたら、それこそ私はどうするんだろうか。
　本当に聞いていいの？
　あたりはもうオレンジ色で、今から花火大会に向かうらしい人たちも何組か歩いている。
「あ、やっぱりいいよ！　言いたくないことだってあるよね……」
　ぴたりと黙った鈴香ちゃんを見て、慌ててそう言う。
　やっぱり聞かない方がよかった。
「……いるよ、好きな人」
　目の前の彼女は、静かにそう呟いた。

「でも多分、相手は私の気持ちに気づいていない。静音は？ いるの？」
「っ、い、いないよ！　いない！」
　嘘をついてしまった。
　でも……。
　言えるわけがない。
「そうなんだ」
　なんだか鈴香ちゃん、今、ホッとした顔をしたように見えた。
　この状況で、絶対に柊くんの名前なんて出せないよ。
　鈴香ちゃんが言う好きな人って、確実に柊くんのことだ。
　ん？
　でも鈴香ちゃん……今、相手の人は、気づいていないって……。
「こ、告白とか……しないの？　好きな人に」
　ドキドキしながら、鈴香ちゃんにそう聞く。
「告白？　いや、どーだろ。脈ないってわかっててするのもどーかと。その人、誰にでも優しいから……私のこと傷つけないようにって、多分悩むから」
　普段の鈴香ちゃんよりも、ずっと大人っぽい彼女がそこにいた。
「ごめんね、静音」
「え？」
「今日はそんなモヤモヤをどーにか忘れたくて、誘ったのもあるんだ」

「モヤモヤ……」
　それなら私も同じだ。
　柊くんや鈴香ちゃんの仲を疑って、ずっとモヤモヤしている。
　失礼だ。
　けど、鈴香ちゃんと柊くんが、まだ付き合ってないってことがわかって、ホッとしている。
　最低だってわかってる。
「だから今日は楽しむ！　私と静音、ふたりで！」
　目の前の彼女はこんなに私のことを想ってくれているのに。
　悠ちゃんの目撃証言と土田くんの話、一体どっちが本当なのかな。
　ううん。本当のことなんて、本人たちにしかわからないよね。
「ありがとう。鈴香ちゃん」
　そのセリフに、「ごめんね」もこめて。
　ふたりで花火大会の会場へと向かった。

「うわ〜！　人いっぱい！　すげぇ〜！」
　会場の出店を見渡して、鈴香ちゃんが声をあげる。
　もちろん、私もこんなところに来たのは初めてで、屋台の数と人の数にテンションが上がる。
　イベントの力ってすごい。
　今までのいろんな複雑な感情を薄めてくれる。

「静音、何から食べる?」
　目をキラキラさせながらそう聞いてくる鈴香ちゃんは、まるで、おもちゃ屋さんに入った子どもみたいだ。
「たこ焼き……」
「やっぱりそーだよね!　さすが!　買ってくるからここで待ってて!」
「え、ちょっ……」
　ベタすぎたかななんて不安だったけど、うれしそうにたこ焼きが売られている屋台へ向かった鈴香ちゃんのうしろ姿を見て、ホッとする。
　それにしても、鈴香ちゃん、よく似合うな……浴衣。
　あの隣に、柊くんがいたら……。
　うん。よく似合っている。
　って……。
　考えないって、何度も言いきかせているのに。
「じゃーん!　隣に焼きそばもあっから買っちゃった!　ダメだよね……今からリンゴ飴もチョコバナナもわたあめも食べなきゃいけないのに」
　人混みをかきわけて、椅子やテーブルが用意されてるエリアに帰ってきた鈴香ちゃんはそう言って、焼きそばとたこ焼きをテーブルに広げた。
「そ、そんなに食べるの?」
「え、当たり前じゃん!　だって、夏休み最後のイベントだよ?　しかも、花火大会!」
　いや、そんなに食べちゃったら、もう花火は関係ないよ

うな気もするけど……。
「フフッ、そうだね」
　イベント好きで、無邪気にはしゃぐ鈴香ちゃんを見ていると面白い。
「やっと笑った」
「えっ、」
「静音、なんだか元気ないように見えたから。よかった。笑ってるところ見られて」
　鈴香ちゃんは「ホイッ」と言って、つまようじで刺したたこ焼きをひとつ、私に差し出してくれた。
　たこ焼きと焼きそばを食べおわってからも、鈴香ちゃんは歩くたびに屋台に寄っては、いろんな食べ物を買って、食べ歩きする。
　身体は細いのに、こっちがうれしくなるくらいの食べっぷりに自然と口もとがゆるむ。
「うっま〜〜っ!!　イカうま!!　ほら、静音も食べな？」
　そう言われて、私もひと口もらって鈴香ちゃんとの食べ歩きを楽しむ。
　まさか自分が、浴衣を着て友達とこんな風に食べ歩きする日が来るなんて。
　こんな私と一緒にいてくれる鈴香ちゃんに感謝だ。
　──♪〜♪〜♪〜♪
「あ、ちょっとごめん」
　やっとデザートタイムに到達した鈴香ちゃんがわたあめを持ちながら、ラムネをグビッとひと口飲んだタイミング

で、彼女の巾着バッグが震えた。
　鈴香ちゃんは慌てて、バッグの中の携帯を取り出すと人混みから少し離れたところで電話をとる。
「うん。うん。わかった。じゃ、そこで落ち合おうね」
　鈴香ちゃんは電話の向こうにそう言って、電話を切った。
「土田から。河原（かわら）で会おうってさ。そろそろ花火始まりそうだし向かうか」
「うん、そうだね」
　そうだった。
　途中で柊くんと土田くんと合流するんだっけ。
　とたんに心臓がドキドキ鳴る。
　久しぶりだな……会うの。
「静音、はぐれないようにね。人がどんどん増えるから」
「うんっ！　ありがとう」
　花火が一番綺麗に見える河原に向かってぞろぞろと人が歩いている。
　はぐれないようにと、鈴香ちゃんが私の手をさりげなく取ってくれた。
　こういう気遣いが示せるところ、やっぱり素敵だ。
　遠足の時からそうだった。
　口は悪いけど、優しくてちゃんと気遣いの示せる子だ。
　そんな鈴香ちゃんだから、きっと柊くんだって……。
「うわ〜！　ほんっといっぱいで、どこにふたりいるかわかんないや」
「そうだね……」

河原に着いてキョロキョロとあたりを見回しても、柊くんや土田くんらしい人が見当たらない。
　花火は4人で見ようって、メッセージのやりとりでも話していたのに。
「そろそろ始まるんじゃね？」
　どこからかそんな声が聞こえたので、慌てて携帯を開くと、時刻は7時30分。
　花火が上がる予定の時間だ。
「マジか……土田たち、人が多すぎて動けなくなってるって」
　土田くんとメッセージのやりとりをしてた鈴香ちゃんがそう言った。
「え、そうなんだ……」
「仕方ない。あっちは男ふたりで楽しんでもらおう」
「……うんっ、そうだね」
　動けなくなってるなら仕方がない。
　私の隣には鈴香ちゃんがいるんだもん。
　柊くんと一緒に見たかった、なんて図々しすぎる。
「静音……」
「えっ？」
　不意に隣から、静かに名前を呼ばれた。
　人の多さと声であまりよく聞こえなかったけど、たしかに鈴香ちゃんの声だった。
「今日、めちゃくちゃ楽しかった」
　まるで、もう一日の終わり見たいな言い方するな……花

火はこれからなのに。
　こちらを見ないまま、河原の向こうを眺めてる鈴香ちゃんの横顔は、やっぱり可愛くて、そして綺麗だ。
　こんなさえない私が、隣にいていいものだろうかと、まだ少し不安になる。
「うん！　私も楽しかったよ！」
　だけど、鈴香ちゃんがそばにいてくれて素直に楽しいと思える瞬間は本物だ。
「それならよかった。……静音？」
　ん？
　どうしたんだろう。
　鈴香ちゃんの声が、さっきまでのはしゃいでいた感じとは違う。
「……何？」
「お！　花火上がるぞー！」
　鈴香ちゃんの声が、うしろの人の大きな声でかき消されてしまう。
「ううん。なんでもない。花火始まるっ」
　──ヒュ────────ッ。
　──ド──────ンッ。
　大きな音が鳴ったのと同時に、そこにいた人たちの歓声が上がる。
　空に飛びあがったそれは、大きく広がって、赤や黄色、緑と、色を変えながら夜空を鮮やかに彩っていく。
　──バンッ。バンッ。

大きく上がった1発目の花火のサイドから、小さな細かい火花がピカピカと光り出す。
「すっごい綺麗っ!!」
「本当……」
　鈴香ちゃんの声にそう返事を返す。
　この景色を、誰かと見ている。
　そのことがあまりにもうれしくて、思わず握られたままになっていた手をぎゅっと握る。
「誘ってくれて、ありがとう。鈴香ちゃん」
　そう声に出して、私より少し背の高い彼女の横顔を見ようと、花火から目を離した瞬間。
　ほんの一瞬だった──。
　──ヒュ────────。
　え？
　──バンッ────────。
　何発目かの大きな花火が打ちあがった時、いつも隣で香っていたかすかな甘い香りが今は、はっきりと香って、鼻を抜けてた。
　なんだろうこれ。
　頬に感じるあたたかいもの。
　何これ。
　こんなの、知らないよ。
「っ、れ、鈴香、ちゃん？」
　ゆっくりと彼女の顔が離れる。
　今のって……。

思わず彼女の唇が触れた自分の頬に手を当てる。
　まだ、彼女の温もりが残っている。
「ごめん」
　鈴香ちゃんは、顔をハッとさせてから目をそらして謝る。
「えっ」
　花火の音はまだ大きくてうるさい。
　周りの声が騒がしくてよかったと思ってしまう。
　今、鈴香ちゃん、私に何をしたの？
　ごめんって何？
「今日の静音、すっごい可愛いから。思わず……」
　思わず？
　女の子同士なのに。
　可愛いって思ったら、そうするものなの？
　ドラマや本でしか知らなかった。
　私の人生に奇跡が起きたとしても、好きな人とだけするものだと思っていたこと。
　鈴香ちゃんはどうして……。
　今の女子高生は当たり前なの!?
　外国では挨拶でそういうこともするらしいけれど。ここは日本だ。
　頭が追いつかない。
　心臓のバクバクはどんどん増すばかり。
　周りは薄暗くて、私が鈴香ちゃんにされたことに気づいている人はいなさそう。
「……嫌だった？」

「……っ、えっと、び、びっくり、しました」
「うん。ごめん」
　いつもの鈴香ちゃんらしくない。
　いつもはそんな寂しい顔なんて見せないのに。
　花火は上がりつづけているのに、私と鈴香ちゃんにとってそれはもうどうでもいいことのようになっている。
「今日一日いっしょにいたけど、静音、ずっと誰のこと考えていた？」
「えっ」
「私はずっと静音のことだけ考えていたんだけど」
　鈴香ちゃんの悲しそうな瞳が私を捉えて、慌てて目をそらす。
　今の私は、まっすぐ鈴香ちゃんの目を見ることすらできない。
　おかしいな。
　なんなんだろう、これ。
「ねぇ、静――」
「お！　いた！　緒方～！　高城～！」
　馴染みのある声が、私たちの名前を呼ぶのが聞こえて、ホッと胸を撫でおろす。
　助かった……なんて思ってしまった。
　土田くんの横で歩いているのは、ずっと会いたいと思っていた人。
「っ、ひ、柊く――」
　まだ人混みをかきわけて、こちらに来るのに苦戦してい

る彼の名前を呼ぼうとしたら、つながれていた手にぎゅっと力を入れられた。
「……っ」
　力の入った手に驚いて横を見ると少し表情の暗い鈴香ちゃんが目をそらして立っていた。周りの人の数がだんだんと減っていく。
　気がつけば、花火は終わっていて、みんな帰る支度をしていたり、屋台のある方へ戻っていた。
「残念だったよ……4人で見られなくて」
　人が減ったおかげで、スムーズにこちらに向かってきた土田くんが眉毛を下げてそう笑う。
「ふたりとも、とっても似合ってる」
　うしろから土田くんを追いかけるようにやってきた柊くんが私たちにそう言ったとたん、つながれていた手が離れた。
「あ、これね、鈴香ちゃんにもらったんだ」
「へ〜、高城にしては意外だな」
「は？　うっさいよ。だから静音にあげたんだし」
　土田くんのセリフに、鈴香ちゃんがイラついたように返した。
　どうしよう。
　鈴香ちゃんの顔がちゃんと見られない。
「静音、どうした？」
「えっ」
　柊くんに声をかけられてうつむいていたと気づく。

会いたかった柊くんに会えているのに、今は、鈴香ちゃんのことで頭がいっぱいだ。
「ごめんなさい。ちょっとはしゃぎすぎちゃったのかも。こういうの初めてだから」
「じゃあ、どこかで少し休もう。あそこにベンチがあったから……」
「あっ」
　柊くんは、優しく私の手を取るとゆっくりと歩き出した。

「はい」
「あ、ありがとう」
　河原から少し離れた広場のベンチに座っていると、柊くんがミネラルウォーターのペットボトルを渡してくれた。
「ううん。平気？」
　もらったミネラルウォーターをひと口飲むと、気持ちがさっきよりも落ちついた。
　そういえば……鈴香ちゃんたちは……。
　すぐうしろをついてきてたはずのふたりの姿がどこにもない。
「おっそいな～土田たち」
　そう言いながら、柊くんがちょこんと隣に座った。
「なんかあった？　高城と」
　すぐに当てられてしまって、持っていたペットボトルを落としそうになる。
「っ、ううん」

柊くんに嘘をつくなんて心がすごく痛いけれど、鈴香ちゃんに頬にキスされた、なんて言えるわけない。
　てっきり、鈴香ちゃんは柊くんのことが好きなんだと思っていたのに。
　なんで鈴香ちゃん……私に……。
　さっきの鈴香ちゃんとの距離の近さを思い出して、顔が熱くなる。浴衣でいつもの雰囲気と違っていたからなおさら。
「すっごい熱い」
　っ!?
　柊くんが突然、両手で私の頬を包み込んだ。
　またこんなことを急にやるんだもん。
　びっくりしちゃう。
　だけど、柊くんの手が触れてることで安心している自分もいる。
「高城が静音にこんな顔させてるの？」
「っ、鈴香ちゃんは」
「ん？」
　手を離して、私の声に耳を傾けてくれる。
　そういう優しいところがやっぱり好き。
「鈴香ちゃんは、すっごくいい子だよ。優しいし。明るいし。鈴香ちゃんは悪くない」
　鈴香ちゃんがいつもより、私に触れてきた。
　そのことが、ほんの少し怖かった。
　いつもの鈴香ちゃんじゃない気がして、どうしていいか

わからなくて。
　好きなのに、怖いと思った自分が一番嫌になる。
「高城が悪くないならなんで泣いてるの？」
「えっ」
　柊くんに指摘されて慌てて頬を触ると、しっとりと濡れていた。
「これはっ、えっと……」
　答えに困って口をパクパクさせてしまう。
「ううん。ごめん。今のは意地悪だったな。静音が高城のこと大事にしてるのわかってるのに、ひどいよね。今の質問は」
　柊くんはそう言って、優しく私の頭に手を置く。
「高城がいい奴なのは俺もよくわかってるよ。だけど……今の高城はちょっと……なんていうか、不安定な時だから」
　柊くんは、まるで鈴香ちゃんのことを全部わかってるみたいな言い方をした。
　やっぱり、柊くんと鈴香ちゃんって……。
　わかんない。
　柊くんが鈴香ちゃんのことで何か知っていること。
　悠ちゃんが、柊くんと鈴香ちゃんがキスしてるのを見たと言ったこと。
　鈴香ちゃんが私の頬にキスしたこと。
　その全部が、どんなに考えてもわからない。

　結局、そのあとも鈴香ちゃんと土田くんは戻ってこなく

て、柊くんに、家まで送ってもらった。

　たくさんの疑問が残る中、私の夏休みは幕を閉じた。

第11章

2 学期

「……ね、……静音」
　安心する優しい声が聞こえる。
　この声、大好きだ。
「しーずーねっ」
「ひゃっ！」
　バッと布団を剥ぎとられて、声を出したのと同じタイミングで目を開ける。
「うわっ！　悠ちゃん!?」
「おい。うわってなんだ。うわって」
「っ、だって……」
　朝から悠ちゃんがうちにいるなんて、私が小学生の頃以来だもん。
　しかも、なんで私の部屋に？
「おはよう。静音」
「うっ、お、おはよう。悠ちゃん」
「おばさんが心配してたぞ。いつもは弁当作るために必ず早く起きるのにって」
「え、ママが？」
　ベッドの横にある目覚まし時計を見ると、時刻は６時半を過ぎていた。
「あぁ。おばさんはもう出たよ。なんかあったか？　静音が寝坊なんて珍しいじゃん。今日から学校だろ？」
「ん……」
　昨日の夜、全然寝られなかった。
　きっとそのせいで起きられなかったんだ。

お弁当作る時間もないし……。
　正直、学校に行きたくない。
　4人のグループメッセージだって、通知が来てもずっと無視してる状態だ。
　鈴香ちゃんに、どんな顔をして会えばいいのかわからない。
「昨日、浴衣着たんだろ？」
「えっ」
「おばさんから写真送られてきた」
「っ、もう……ママのバカ」
　何かあるとすぐに悠ちゃんに勝手に報告するんだもんな。ママ。
「すっごい似合ってたよ」
「鈴香ちゃん……この間、悠ちゃんが会った女の子。あの子からもらったの。私に似合うと思ったって」
「……そう」
　この間はあんなに鈴香ちゃんと関わるのをやめな、なんて言っていたのに、今日は鈴香ちゃんと花火大会に行ったこと何も言わないんだな。
「静音が落ち込んでるのは、俺のせいなのかなって……」
「え？」
「静音のためだと思って、勢いであんなこと言っちゃったけど、せっかくできたお友達のことあんな風に言われるのは嫌だよね」
　悠ちゃんは「ごめんなさい」と言って頭を下げた。

「違う！　悠ちゃんのせいじゃない！　あっ、もちろん、悠ちゃんの見たこととか、まったく引っかからないわけじゃないけど……今はその……」

　うまく説明できないのがもどかしい。

　全部話したって、悠ちゃんは私よりもあのふたりのことをよく知らないんだもの。

「俺に言えないような話が、静音にできちゃったのか……」

「っ……」

　ゆっくり顔を横に向けると、私のベッドに座ってなんだかうれしそうに笑う悠ちゃんがいた。

「ほら、こんな時こそ学校に行く！」

「え〜今の流れ的に……」

「なんだ？　ツラいなら行かなくてもいいなんて言うと思ったか？」

　うっ。

　悠ちゃん、なんだか厳しくないですか。

　私は、悠ちゃんに背中を押されながら部屋を出て、顔を洗いに洗面所に向かった。

　リビングに着くと、食卓にはおいしそうな朝食が準備されていた。

「これっ……」

「ほら、これ食べたらちょっとは元気になるだろ？　なんたって、悠ちゃん特製日本の朝ご飯だぜ」

　悠ちゃんはドヤ顔でそう言うと、私の座る椅子を引いてくれた。

「悠ちゃんが全部作ってくれたの？」
「ま〜ね。ケーキ以外も作れるんだぞ〜」
「悠ちゃん……」
　たくさん話してくれるわけじゃないけれど。
　こうやって、何も言わないで優しさを示してくれるところ大好きだ。
「悠ちゃんと結婚する人は幸せものだね」
　いただきます、と言ってあったかいお味噌汁を飲んでから、そう呟く。
「はぁ……」
「えっ、あ、いや、なんかまずいこと言ったかな？」
　私の声にため息をついた悠ちゃんに慌ててそう伝える。
「静音が幸せにならないと、俺は一生結婚できないからな」
「えっ、何それ……」
「おばさんと約束したの。まぁ俺がそうしたくて勝手にやってることなんだけどね。昔から、静音は俺の妹だから。ひとりで寂しいくせに平気なフリするのも、わかるから。おばさんに心配かけないようにって」
「……っ、」
「だからさ、俺の前ではたくさん吐き出しな。遠慮なんかする必要ない」
「悠ちゃん……」
「俺のことが必要じゃなくなった時、それは静音にとっていいことだから、その時になったら心から大丈夫って俺に胸張ってよ」

「いつも迷惑かけてごめ……」
「違うでしょ？」
「うっ」
　悠ちゃんが顔をのぞき込んで、セリフを言いなおすように目で促す。
「いつも、ありがとう」
「うん」
　悠ちゃんは満足そうにそう返事をすると、私の頭をクシャクシャッと撫でた。
　悠ちゃんがいてくれてよかった。
　グチャグチャな感情がずいぶん楽になっていく。
「はい、これ」
　突然立ちあがってキッチンに向かった悠ちゃんが、戻ってきて私がいつも使ってるお弁当の入ったランチバッグを渡してきた。
「これって……」
「今日の昼ご飯は、悠ちゃん特製オムライスだ。これを食べるためにはまず学校に行かなきゃ食べられないからな？」
「ゆ、悠ちゃんのオムライス!?」
　私の大大大好物だ。
「悠ちゃんありがとう。朝ご飯用意してくれたのだってびっくりしたのに……お弁当まで……」
「俺だって可愛い妹のために活躍したいし。どう？ちょっとは元気出た？」

悠ちゃんが私の頬を包み込んでそう言うので、私は、心の底から返事をした。
「うんっ、ありがとう！　学校行ってきます！」

「おはよ〜！」
「うわ！　真っ黒じゃん！」
「はよー！」
　教室のドアに近づくと、ひさびさに見る顔があちこちでワイワイとおしゃべりで盛りあがっている。
　バッサリ髪を切った子。
　身長がグンと伸びた子。
　まっ黒に日焼けしている子。
　夏休み明けのこの感じはなんだかドキドキする。
　そして、今年の２学期はとくに。
　私は教室のドアの前でキョロキョロとひとりの女の子を探した。
　まだ……来てないのかな。
「おはよ、静音っ」
　耳もとで優しくささやかれて、思わず身体をビクッと動かしてしまった。
　名前を聞かなくても、振り向かなくても、その声の主が誰なのかわかるから、余計ドキドキしちゃう。
「お、おはようございますっ、柊くん」
「ハハッ、なんで敬語？」
　朝からキラキラしすぎて眩しい笑顔を見せられて、声が

出ない。
　やっぱり、制服着てる柊くんも大好きだな……。
「柊くんおはよー！」
「お前、おせぇよ！」
「おはよ柊!!」
　柊くんの周りにはたちまち人が集まってくる。
　そうだった。
　夏休みで感覚がおかしくなっていた。
　もともと、柊くんは人気者でみんなのものだ。
　彼と一緒にいる時間が増えて、麻痺(まひ)しちゃっていたよ。
　私はそーっと柊くんを囲む輪の中から抜け出して、自分の席へと向かった。
「緒方さんっ！」
　突然うしろから名前を呼ばれて、おそるおそる振り返ると、そこにはクラスで一番目立つ女子グループの子たちが立っていた。
「おはよう！」
「あ、おはよう……」
　突然私に話しかけてくるなんてどうしたんだろう。
　唯一関わりがあるとすれば、グループのうしろにいる小野さんと球技大会で同じチームになったくらいだ。
「ねぇねぇ！　見たよ？　私たち、花火大会で緒方さんたちのこと！」
「へっ」
　見たって……。

一体なんのこと？
　もしかして……。
　私の頭では、あの時の映像が鮮明に再生される。
　み、見られてた!?
「ほんっと仲いいよね、緒方さんと柊くんって」
「えっ」
「えって……一緒に歩いてたよね？　花火終わったあと」
「あっ、あああ、うん……」
　柊くんと一緒にいるところを見られていたなんて、何を言われるか相当危険なのに、鈴香ちゃんとの、あの瞬間を見られたわけじゃなくてよかった、なんてホッとしてる自分がいる。
「ふたりはさぁ、付き合ってるの？」
「っ、!?　いや、付き合ってないです！　全然！　そんなんじゃないです！」
「え、そうなの？　……ちょっとアリサ、まだいけるじゃん」
　話しかけてきた矢口さんが、隣の高野さんにそう言った。
　高野さんは「けど……」なんて口をもごもごさせていたけど、ほんのりピンク色の顔を見れば、まだ柊くんのことが好きなんだって伝わる。
「緒方おはよう！」
　聞き覚えのあるその声が響いて、女子グループたちが「じゃあまたね」と言って、私の席から離れていった。
「あ、おはよう。土田くん」
「うん。よかった。緒方が普通で」

「え?」
「いや、なんでもない」
　なんだろう今の。土田くんは、私と鈴香ちゃんに何かがあったこと、知ってるかな。
　キーンコーンカーンコーン。
　チャイムが鳴り、土田くんは「じゃ、」と言って自分の席についた。
　ほかのみんなもガタガタと席についていく。
　ガラッ。
「お久しぶりです。おはようございます」
　そのまま担任の泉先生が教室に入ってきた。
　あれ。
　鈴香ちゃんは?
　隣の席を見ても、彼女の姿はない。
「出席確認するぞー、そのあとそのまま始業式だからな〜」
　鈴香ちゃん……どうしたんだろう。
　出席確認が終わってから、「高城は休みだ」、泉先生はそれだけ言って、教室をあとにした。
「……鈴香ちゃんどうしたんだろう」
　どんな顔して会えばいいのかわからない、なんて思っていたけど、いざ顔を見られないと心配でたまらない。
　鈴香ちゃんを傷つけちゃっただろうか。
　もしそうなら、ちゃんと謝らなきゃいけないのに。
「高城なら、心配しなくていいよ」
「っ、柊くん」

目の前に突然現れた柊くんは、まるで私の心が読めるみたいにそう言った。
　いや、柊くんなら本当に読めちゃっているのかも。
「柊くんは、鈴香ちゃんから何か聞いているの？　休んでる理由」
「うん。まあね」
「そっか……」
　またダメ。
　キューッと胸が苦しくなる。
　どうして鈴香ちゃんは、柊くんにだけいろいろ話すんだろうか。

「それ、おいしそうだね」
　お昼休みのこの時間、柊くんは私のお弁当の中身を見て決まってそう言う。
「あぁ、今日のは悠ちゃんが作ってくれたんだ。あ、この間紹介した、幼なじみの」
「……ふーん」
「ケーキだけじゃなくて、ご飯作るのもすっごく上手で、いつも私のこと心配してくれ……」
　突然、柊くんは両手で私の頬を包むように撫でる。
「ひ、柊くんっ!?」
「静音はさぁ、その人のこと好きなの？」
「へっ、う、うん。すごくいいお兄ちゃんだよ」
「そうじゃなくて……」

オムライスの入ったお弁当箱を持ったまま動いちゃうと、バランスを崩してオムライスを落としてしまうかもしれない。
　私はガチッと固まったまま、柊くんの瞳を見つめる。
「キスしたいとか、思う？」
「な、そんなこと思うわけないじゃん！　悠ちゃんは本当に私のお兄ちゃんみたいな存在だよ」
　恥ずかしいことをサラッと言う柊くんにドキドキが止まらない。
　こんなこと平気で聞けるなんて……。
　私だって、柊くんの本当の気持ちを聞けたらどんなに楽か。
　悠ちゃんが見たっていうアレは、本当に悠ちゃんの見ちがいなのか。
　それとも……。
「そっか」
　柊くんはそれだけ言って、私の頭を撫でた。
「あ、そういえば、来月には学園祭だね」
　手を離した柊くんが思い出したようにそう言った。
　学園祭……。
　私の苦手な行事のひとつが今年もやってくるのか。
　けど、今までに比べたらましかもしれない。
　柊くんのお陰で、クラスの女の子たちも私に話しかけてくれるようになっているから。
　学園祭までには、鈴香ちゃんとの仲をちゃんと元通りに

しなきゃ。
　私が意識しすぎちゃうせいで、鈴香ちゃんに嫌な思いはさせたくないもんね。

　２学期が始まってから２週間がたっても、鈴香ちゃんが学校に来ることはなかった。
　心配になった私たちは鈴香ちゃんにメッセージを送ってみたけど返事はおろか、既読もつかない。
　鈴香ちゃん……どうしたんだろう。
「なんか、高城さんいないだけで静かだよね……」
　今日からスタートした学園祭の準備。
　ダンスのための衣装をデザインしている女子グループのひとりがそう言った。
　男子は自主制作の動画を作ることになっていて、今教室にいるのは女子だけだ。
　初めは派手な鈴香ちゃんにみんなびっくりしていたけど、やっぱり寂しがってる人は多いのかな……。
「私はあの子いない方が落ちつくかも」
　顔を少し上げた瞬間、そんな声が聞こえて胸がキュッと痛くなる。
「わかるかも。あのはしゃぎ方は好きじゃない。緒方さんもかわいそうだったよね、絡まれてさ」
「えっ、いや……私は……」
　思わず声を出して反論しようとしたけど、上手に声が出ない。

鈴香ちゃんのおかげで、みんなの雰囲気がよくなってると思ってたのは私だけだったの？
　球技大会の時も、打ち上げの時も、みんな楽しそうにしていたのに。
「いいんだよ？　今は柊くんとかもいないしさー女子だけでグチろうよ」
　小野さんがそう言って、私の肩を捕まえた。
「何がうざいって、柊くんにめっちゃ絡んでたじゃん？　しかも柊くんへのあたりが強かったしさー」
「ああいう、私サバサバして男ウケいいんですみたいな女が一番苦手」
「わかるわ〜。緒方さんだって本当は嫌だったでしょ？　緒方さんがああいうの断れないタイプなのわかっててわざとでしょ？」
　みんなの鈴香ちゃんへの悪口はどんどんヒートアップしていく。
　おかしいよ。
　こんなはずじゃなかったのに。
　ちゃんと、そんなことないって言い返さなきゃいけないのに。
　喉に何か詰まった感覚が私を襲う。
　心臓がバクバクして、うまく声が出ない。
「柊くんは優しいから、大人しい緒方さんのこと気を遣ってあげてたのにさ。まるで、緒方さんから柊くん奪う感じだったじゃん」

なんでそんなこと言うの……。
　でも、そのことを考えなかったわけじゃない。柊くんと鈴香ちゃんが話しているのを見て、ヤキモチを焼いたことがあるのは事実で。
　みんなの言ってることは誇張されたものだとしても、それと少し似た感情をもってしまったことがある自分も嫌になる。
　だけど、今はそんなこと思わない。
　鈴香ちゃんの顔を見てない2週間、鈴香ちゃんがうちに泊まった時に見せてくれた笑顔とか、遠足の時の優しさとか、そういうのばかりを思い出しているんだ。
　この場で鈴香ちゃんを守れないことがすごく悔しくて、目頭が熱くなる。
「緒方さんも本音で言うと嫌いでしょ？　高城さんのこと」
　──ガタッ。
「緒方さん？」
「ごめんなさい。ちょっと、トイレに」
　ここで泣いたらダメだ。
　反論もできないくせに、泣いたらダメだ。
「え、ちょ、緒方さんっ！」
　私は、席を立って急いで教室を出た。
　なんでこんな風になってしまったんだろう。
　きっと、学園祭の準備だって、前より確実に楽しくなるんだって思ってたのに。
「うっ、……」

誰も歩いていない静かな廊下を走って、角を曲がって立ち止まった瞬間、ひと粒の涙が床に落ちた。
　鈴香ちゃん……逃げちゃってごめんなさい。
　今度はちゃんと、目を見て、話すから。
「静音？」
　大好きな声が、うしろから聞こえた。
　これは、幻聴だ。嘘に決まってる。
　こんな時にまで、助けてほしいなんて、私のわがままだ。
「なんかあった？」
　幻聴なのに、すごく優しくてあったかい。
　柊くんは、こんなダメな私にいつだって優しいから。
　こうやって甘えちゃうんだ。
　──ぎゅっ。
　あたたかい大好きな匂いに包まれた。
　柊くんの、柔軟剤と彼の匂いが混ざった、大好きな香りが鼻をかすめる。
　幻聴……じゃなかった？
「ごめん、静音」
　耳もとで聞こえる彼の声に背筋がムズムズとする。
「な、なんで、柊くんがいるの……なんで、柊くんが、、謝るの」
「教室に帰ったら、静音がいなかったから心配で」
　ほら……柊くんは優しすぎるよ。
「あれ本番までに間に合うか？」
「できなかったら居残(いのこ)りだろうな〜」

柊くんに抱きしめられた状態のまま、うしろから人の話し声が聞こえてきた。
　っ!?
「おいで」
「……っえ」
　柊くんは、私の手首を掴みながら走り出した。
　この感覚……。
　前にあった。
　そうだ。鈴香ちゃんと初めて会った時。
　こうやって、一緒に走ったんだ。
　鈴香ちゃんと……話したい。

　──ガラッ。
　柊くんが連れてきたのは、家庭科室。
　いつもはその外でご飯を食べているから、ここに入るのは、柊くんからアイスをもらった時ぶりだ。
「我慢できない」
「……へっ」
　柊くんは、窓の方に私を追いつめると、そう言って顔を近づけてきた。
「……ひ、柊くん？」
「高城のせいで、ずっとそんな顔してんだよね？」
「うっ、」
　柊くんは、両手で私の頬を包み込むとおでこがくっつきそうな距離でじっと私の瞳を見つめている。

「最近、静音ずっとそんなんだから。俺が話しかけてもうわの空だし」
「そ、そんなこと！」
「あるよ。1回しか言わないからよく聞いてね」
「えっ、」
「隣町の総合病院。そこの屋上に行ってみな」
「えっ、」
「これは俺のひとり言だからね」
「柊くん……」
　それって……。
　病院ってどういうこと？
　鈴香ちゃんが病院にいるってこと？
「鈴香ちゃん、病気なの!?」
　なんでそんなこと、柊くんだけが知っているの？
　聞きたいことはどんどん増えていく。
「高城は元気だから。安心して。ただ、静音はもう高城と会っても大丈夫なの？」
「……っ」
「静音？」
　どうしていいかわからないんだ。
　鈴香ちゃんに会いたいし、感謝してることばかりだ。
　だけど、あのキスへの複雑な気持ちがなくなってるわけでもない。
「会うことで鈴香ちゃんを傷つけちゃったらどうしようって不安がないわけじゃない」

「うん。ふたりの間に何があったのかは聞かないけど、高城にとって今もずっと静音は大切な人であることに変わりはないと思うよ」
「……うん、ありがとう」
「ただ、俺にとっても静音が大切で、特別だから、それも忘れないで。静音が悲しい顔をしているのは、耐えられないよ」
「っ、柊くん…」
　柊くんは、それから黙ったまま、私の手をぎゅっと握りしめてくれた。
　柊くんのあたたかさが、心に染みる。

第12章

想い

翌日の放課後。
私は急いで、隣町の総合病院へ向かった。
柊くんに言われたとおり。
もし、病院の屋上に鈴香ちゃんがいたら。
まず、なんて話しかけよう。
ひとりで向かうのはちょっと怖くて心細かったけど、ここは柊くんに甘えちゃダメだと思った。
ひとりで、ちゃんと鈴香ちゃんに向き合わなきゃ。
初めて来た病院の中に入り、入り口付近にある病院のフロアガイドを見て屋上までの道を確認する。
本当に……いるのかな。
病院の屋上なんて……。
そばにあるエレベーターに乗り込んで、記憶した屋上までのルートを頭の中で何度も繰り返す。
ピンポーン。
『9階です』
そんなアナウンスが流れたのとほぼ同時に、エレベーターのドアが開いた。
エレベーターのドアが開くと、すぐ目の前には自動ドアがあり、ドアのガラス越しには芝生とデッキが見えた。
いくつかベンチやテーブルも置かれている。
カラフルな花が咲いている花壇もある。
病院のここは、屋上庭園になっているらしい。
いつも真っ白な壁ばかり見ている患者さんたちにとって、こういうものが癒しになるのかもしれない。

庭園に入ってあたりを見回すと、点滴をしたままベンチに腰かける患者さんと、見守る看護師さんや、車椅子に座ったまま色とりどりの花を眺めている患者さんがいた。
　キョロキョロあたりを見回しながら庭園を1周しても、鈴香ちゃんらしき人物を見つけられない。
　いない……か。
　そう思って、帰ろうとうしろを振り返った瞬間——。
「し、静音？」
　っ!?
　目の前には、金髪のロングヘアをゆるく巻いた女の子が、いつもよりシンプルな格好で立っていた。
　スキニーパンツを着てるのなんて初めて見た。今までショートパンツばかりだったのに。
　新鮮だな。
「ひ、久しぶりっ、鈴香ちゃん」
　手を挙げてひらひらっと振り、合図をする。
「なんで……いるの？」
　今までなら、私を見つけると一目散に走り寄ってきた彼女が、今は離れたところから私の顔色をうかがっている。
　やっぱり、来たらまずかったかな。
　花火大会の日、鈴香ちゃんから逃げるように離れたのに、こうやって会いにくるのっておかしいよね。
　だけど……。
　私はちゃんと、鈴香ちゃんを知りたい。
　今はそんな気持ちが一番おっきいよ。

「ごめんなさい。柊くんに聞いちゃいました。ここにいるって」
「……っ、たくあのお人好し……」
　鈴香ちゃんはため息まじりでボソッとそう言った。
「違うの、鈴香ちゃん。私があんまり暗い顔してたから、柊くんが心配してくれて……」
「……でも、言わないっていう約束を破ったんだもん。ちょっとは怒る」
　あぁ、私のせいで……。
　柊くんが怒られちゃう。
　どうしたらいいのかわからなくなって、うつむいた。
　──ムギュッ。
　突然、足もとに影ができたかと思うと、顔を上に向けられて両頬を手ではさまれた。
　目の前には、ムスッとした鈴香ちゃんの顔。
「バカ。冗談だよ。そんな落ち込んだ顔しないでよ」
「っ、ごめ……」
「ごめんはなし。黙って消えた私が悪いし。けど、話しちゃったらまた静音に甘えそうで」
　鈴香ちゃんが私に甘える？
　そんなことあったっけ？
「うちのじいちゃんの話、前にちょこっとだけしたことあるよね」
「う、うん」
　鈴香ちゃんは、私の頬から手を離すと静かに話しはじめ

た。

　鈴香ちゃんのおじいちゃん。

　鈴香ちゃんと教室でテスト勉強していた時に聞いたのを覚えている。

　たしか、学校近くの病院に入院中で、そんなおじいちゃんのためにいい点数取るんだってはりきってたっけ。

　お昼も、おじいちゃんのところに行ってるって。

　あ、……入院。

　思い出して、ハッとする。

　今いるここは、病院の屋上。

「花火大会の翌日に死んだんだ」

　鈴香ちゃんの口からはっきりとそう言われて、手が震えた。

「嘘……」

「いや、数日前から危篤状態だとは聞いていたからね。覚悟はしていた、つもりだったんだよ。病院だってこのへんで一番大きいここに移動してもいっこうによくならなかったし」

　鈴香ちゃんはそう言いながら自分の左手首を右手でさする。

「わかってたつもりだし、だから後悔しないようにってずっとそばにいた。だけどさ……私、すっごいじいちゃんっ子で。親よりもじいちゃんが世界で一番大好きだったんだ」

「…………」

　大切な家族を亡くしたことのない私は、彼女に一体なん

て言葉をかけてあげたらいいのかわからない。
「花火大会の浴衣、あれ、じいちゃんが私に似合うって去年の夏に買ってくれたやつなんだ。でも、一緒に着ていく友達なんていないしって諦めてたんだけど、この間、ちゃんと静音と着れた。じいちゃんにもちゃんと見せられたんだよ」

屋上からの景色を見つめながら、鈴香ちゃんは淡々と話し出す。

その姿を見ていたら、余計に感情が揺さぶられて。
「っ、泣くなよ静音～」

ボロボロと涙をこぼす私を見て、鈴香ちゃんが私の頭をクシャクシャッと雑に撫でる。
「私……何にも知らなくて……なんにも言えなくて……」
「ほら～そんなんだから言いたくなかったの～」
「だって……だって……」

会ったことないおじいちゃんだけど、鈴香ちゃんがあんまり優しい顔で話すんだもん。

きっと、とっても素敵な人だったんだなってわかるから。

鈴香ちゃんが、本当に大好きな人だったんだってわかるから。

どんなに手で涙をぬぐっても、全然止まってくれない。
「すごくうれしかったよ。ちゃんと私の話を聞いてくれて、ちゃんと見てくれて、ちゃんと笑ってくれて。静音のそういう1個1個が、大好き。今だってそう。大好き」

鈴香ちゃんはそう言うと、私の頬につたった涙を親指で

ぬぐった。
「花火大会の日だって、本当はじいちゃんのことずっと不安で。だけど、花火見て笑った静音の顔見たらさ……」
　鈴香ちゃんは、私の涙で濡れてしまった親指をそのまま頬に乗せ両手で私の顔を包んだ。
　久しぶりに鈴香ちゃんと至近距離で見つめ合って。
　花火大会のあの出来事を思い出す。
「なんで、あの時に静音にキスしたのか、考えてみても自分でもまだよくわかんないんだ。ただ、ああいうことしたくなるくらい誰かがそばにいるって実感したかったんだと思うし、もしかしたら、静音のことをそういう目で見てるのかもしれないし。正直わからない」
　自分の顔が赤くなっていくのがわかる。
　声に出して言われると鈴香ちゃんが女の子とか関係なく恥ずかしくなってしまう。
「柊にも言われたことがあるんだ。今は精神的に不安定な時だからって。本当そうだと思う。だから、その……びっくりさせてごめんなさいっていうのと、できれば嫌いにならないでほしい……です」
「き、嫌うわけないよ！　私は鈴香ちゃんのおかげで学校がすっごく楽しくなったし、夏休みの思い出だって人生で一番多い年になったし！」
「うん。静音がそういうこと言ってくれる子なのはわかってる。なんかずるいよね、それでいて嫌いにならないで、なんて……」

いつも強くて、はっきりものを言うように見えて、やっぱり鈴香ちゃんはよく考える子で、気を遣う子で。
　私も、鈴香ちゃんのこと友達として大好きだって気持ちは絶対に変わらない。
　むしろ、こうやって今、話を聞いてうんと好きになっている。

「まぁ、あれだ。学校２週間休んでいたのはじいちゃんのことでいろいろバタバタしてたから。心配かけてごめんね」
　まだ全然ツラいはずなのに。
　悲しい気持ちは何ひとつ消えてないはずなのに。
　がんばって笑ってそう言う鈴香ちゃんを見ていると、また涙があふれそうになる。
「もうひとつ、ごめんね。静音」
「えっ？」
「でもさ、仕方なかったんだ」
　突然謝って話し出す鈴香ちゃんに、私の頭の上にはてなマークが浮かびあがる。
「じいちゃんの容体がすごい深刻だって病院で聞かされた帰り道で、柊にばったり会ってしまってさ」
「柊くんに？」
「うん。私……相当暗い顔してたらしくて。どうした？って聞かれたら、なんか我慢できなくなって思わず泣いちゃって……」
　そりゃ、大好きな人のそんな話を聞いちゃ、泣いちゃう

よ。
「だから仕方なく、柊には事情を話すことになったんだ。ただ、静音や土田には心配をかけたくなかったから、絶対に黙っててくれって条件で」
「そうだったんだ……」
　だから、柊くんは時々、意味深なことを言っていたんだな。
「何そのホッとした顔〜もしかして、私が柊のこと好きだとか思ってた？」
「……う、うん」
　だけど、もうひとつ、ふたりが両想いなんじゃないかって思ってた理由があるんだよ。
『あのふたりがキスしているのを見た』
　悠ちゃんのあの言葉。
　ずっと引っかかってるんだ。
「この間、鈴香ちゃんがうちに来た時。幼なじみの悠ちゃんにばったり会ったことがあったでしょ？　すごく鈴香ちゃんに怒ってた」
「うん」
「悠ちゃんがね、言ってたの。柊くんと鈴香ちゃんが……キ、キスしてるのを見たって。それで……」
「え、ちょっと待って、キス？　そんな気持ち悪りぃことするわ———……あ!!」
　鈴香ちゃんは何かを思い出したらしく、大きく声を上げた。

「それ多分、私が泣いた日のことだ……」
「え？」
「あの日、ばったり柊に会った日。私が泣き出したら、柊ものすごい慌て出して、近づいてきて涙をふいてくれたからびっくりしてさ……あっ、でも手でふいてくれただけだよ。キスなんてしてない！　誓う！」
「柊くんが……」
　それって、そんなことするって……柊くんって……やっぱり……。
「それをその静音の幼なじみに見られたんだと思うわ。遠くから見たらそういう風に見えたかも。けど、私はすぐに柊のことつきとばしたよ」
「え、つきとば……」
「あいつも、テンパったみたいで。どうやったら私が泣きやむのか必死に考えたんじゃない？　バカだよねほんと」
　そっか……。
　言われてみたら、恋愛感情とか抜きでも、柊くんはそういうことしそうだな。
「好きでもねー女にそういうこと二度とするな、って怒鳴ってやったら、ちゃんと謝ってたし、心配しなくても大丈夫」
「……えっ」
「えって……好きなんだろ？　柊のこと」
　鈴香ちゃんが当たり前のように言いはなった。
　自分の顔が見る見るうちに赤くなっていくのがわかる。
「な、なんでそれをっ！」

「いや。わかるよ。っつーか、わかりやすすぎるよ」
「嘘……」
「何。静音まさかバレてなかったとでも？」
「うっ」
　だって。私はずっと、鈴香ちゃんと柊くんが両想いなんだとばかり思ってたから。
　私の気持ちなんて鈴香ちゃんは知らないとばかり……。
　悟られないようにしたつもりだったのにな。
「よーしっ！　なんか、ちゃんといろいろ話したらスッキリしたわ。心配かけないようにって気を張ってる方がお互い疲れちゃうよね」
「うん。話してくれてありがとう」
「ってことで！　心配かけたお詫びに、パンケーキ奢（おご）らせて！」
「へっ!?」
　鈴香ちゃんは私の腕をさっと捕まえると、元気な笑顔を私に向けて、歩き出した。

「悠ちゃん、最近ずっと心配かけてごめんなさい」
「っ、どうしたの。いきなり」
　その日、夕飯を食べてる最中に、正面に座る幼なじみに謝る。
　学校に行きたくないって新学期が始まる日に言った時のことも、柊くんや鈴香ちゃんのことも。
　悠ちゃんは私のことを思って心配してくれて、そばで支

えてくれていた。
「悩んでたこと、ちゃんと解決できたよ」
「そっか……」
「悠ちゃんが見たっていうアレも……」
　私がそう言いかけて、悠ちゃんの目が変わった。
　またなんかあったのかと構えてるみたいだ。
　それでも、私はお箸を置いて、ゆっくり丁寧に説明した。
　鈴香ちゃんのおじいちゃんの話。
　柊くんがすごく優しい人だって話。
「だからね。私、柊くんのおかげで、鈴香ちゃんのおかげで、学校が楽しいって思えたり、今まで感じたことなかった大切な感情に出会えてね……」
　ふたりのことを嫌いにならないでほしい。
　悠ちゃんのことも、ふたりのことも、私にとってはすごく大切だから。
「だから、悠ちゃん……っ」
　たくさん話して、泣きそうになって、喉の奥の方が苦しくなる。
　こんな顔を悠ちゃんに見せたら、また心配させちゃう。
　涙を隠すために、下を向いた。
　──ぎゅっ。
「へっ」
　突然、右手があたたかいものに包まれたので、パッと顔を上げると、悠ちゃんが私の手を優しく包んでくれていた。
「もういいよ。十分伝わったから。俺の自慢の妹が、こん

なに好きな奴らなんだろ？　本当に静音を大切にしてるんだってわかるよ」
「悠ちゃんっ、」
　どうしよう。このまま涙が落ちちゃいそうだ。
「まぁ、ほんの少し寂しいっていうのが本音だけどな。知らない間に、静音がどんどん大人になっていくのは。けど、俺も頑張ろうって思える」
「ありがとうっ、悠ちゃん」
　内気で人と話すのが得意じゃない私のことを、ずっと心配してそばにいてくれた悠ちゃん。
　改めて、こんな素敵な人が幼なじみでよかったって思う。
「で、静音は、これからどうするの？　その気持ち」
　気持ち……？
「好きなのに、想いを伝えないの？」
　悠ちゃんのセリフに、顔がボッと熱くなる。
「っ、無理」
「えっ」
「そんなの無理だよ〜！」
　鈴香ちゃんと両想いではないとわかったものの、やっぱり、あの人気者の柊くんだ。
　私みたいな地味な人間、彼女にしてほしいなんて口が裂けても言えない。
「じゃあ、知らない間に、柊が別の子に取られてもいいんだ？　仕方ないよって身を引けるの？」
「……っ」

「きっとすごくむずかしいよ。そこでキッパリ諦めるなんて。自分でもわからない間にそういう気持ちは怖いほど大きくなっているに決まってるんだから」
　優しいけど、力強い、悠ちゃんの声。
　それは、私のことをちゃんと考えてくれているんだって証拠だと思う。
　だけど……。
「近いうち、俺もちゃんと挨拶するから。彼に」
「ええっ！　でもっ」
「一度家の前で会ってるし、よく覚えてるよ、あの……静音を見る目」
「えっ、目？」
　ボソッと話した悠ちゃんに聞き返す。
「いや……なんでもない。とにかく！　柊に、ちゃんと自分のことどう思ってるのか聞いてみな」
　悠ちゃんはそう言うと、「応援してるから」とひと言つけくわえながら、いつもの優しい笑顔を向けてくれた。

第13章
学園祭

「おっはよー静音ー!!」
　翌朝の登校途中。
　うしろから、私の名前を呼ぶ元気な声がしたかと思うと、ガバッと肩を掴まれた。
「鈴香ちゃんっ、おはようっ！」
　また、鈴香ちゃんといられる時間が始まる。
　それが、すごくうれしい。
　鈴香ちゃんがいない間、不安で寂しくて仕方なかったんだから。
「おはよう。静音」
「へっ……」
　突然、頭にポンと何かが置かれたので顔を上げると、爽やかな笑顔をこちらに向けている柊くんが、私の頭に手を置いていた。
「ちょっと、柊。静音にだけ挨拶かよ。私もいるんだけど」
　鈴香ちゃんは、そう言って柊くんをキッとにらむ。
「あれ、高城いたんだね。おはよう。もう学校来ても大丈夫なのか？」
「白々しい……。本当は来てほしくなかったんだろ〜？　静音のことひとり占めできるから」
「べつにそんなこと……」
「思ってるね！　顔に書いてある！」
　ふたりは、私をはさんだまま言い合いを続ける。
　なんだかんだ、この言い合いを見るのも、楽しかったりする。

前は、ふたりが両想いなんじゃないかって心配な気持ちがチラついたりしてたけれど。
「はよ。3人とも。楽しみだなぁ〜学園祭。あっという間だぜ」
「うわっ！　土田っ」
　3人でワーワー言いながら（おもに鈴香ちゃんだけど）校内を教室まで歩いていると、うしろから土田くんが声をかけてきた。
　土田くんは、学園祭の飾りつけが徐々に出来上がってる廊下や、それぞれの教室を眺めている。
「手伝えなかった分、残りの1週間がんばる！　みんな私のこと覚えてるかな〜？　夏休み明けでそっこう休んじゃったし」
『あの子いない方が落ちつくかも』
　学園祭の準備中、クラスの女の子がそんなことを言っていたのを思い出す。
　いや、大丈夫だよね。
　本人を目の前にすれば、やっぱり鈴香ちゃんがいた方が楽しいって、鈴香ちゃんのよさに改めて気づくに決まってる。
「……ね、……静音？」
「ハッ、ごめん」
　鈴香ちゃんに呼ばれてハッとする。
「何よ〜ぼーっとして。教室につくよ」
「あ、うん……」

みんなの反応に怯えながら、教室のドアにかけた鈴香ちゃんの手を見つめる。
　　——ガラッ。
「はよー!!」
　鈴香ちゃんの大きな挨拶とともに、私たち３人も教室に入った。
「高城ー！　久しぶり！」
　鈴香ちゃんに最初に反応したのは、増田くん。
「高城さんいなくて、学園祭盛りあがるか心配だったんだからね〜間に合ってよかった〜」
　ひとりの女の子がそう言い出すと、周りもそうだそうだと鈴香ちゃんを囲み出す。
　はぁ……よかった。
「も〜みんな私のこと大好きかよ〜」
　やっぱりあれは、みんなの本心じゃなかったんだね。
「よかったね、静音」
「へっ」
　突然、耳もとでささやかれて、ドキッとする。
　うしろに立っていた柊くんの方を振り返ると、柊くんもうれしそうに笑ってくれていた。
「学園祭、話したいことあるんだけど」
「え？」
「だから空けといてね」
　柊くんは、ドキッとする言葉を残して、みんなの輪の中に入っていった。

第13章　学園祭 》》279

　そして、やってきた学園祭当日。
　私たちの教室では男子たちが作った動画を流すための準備があるため、女子は、午後に行われるダンスまでは、ブラブラとほかの教室を見てもいいことになっている。
　鈴香ちゃんは、たった1週間で、ダンスをすべて完璧に覚えて、なんとセンターを飾ることになった。
　さすが、やっぱり鈴香ちゃんはセンスの塊だ。
　私は衣装係の仕事をちゃんとやらなくっちゃ。
　そういえば……柊くん、学園祭の日に話したいことがあるって言ってたな……。
　一体なんの話だろう。
「うひょ〜！　チョコバナナあるで！　静音！」
　廊下の窓から外を見た鈴香ちゃんは、屋台を見つけてはしゃぎ出す。
「本当だ〜食べに行く？」
「うん！　行きたいっ！」
　目をキラキラさせた鈴香ちゃんは、やっぱり可愛い。
「なんかさ〜思い出すね」
「え？」
　校舎を出て、中庭に出るといろんな食べ物のいい匂いがする中、鈴香ちゃんが話し出す。
「花火大会」
　鈴香ちゃんのその声に、ドキッとした。
　花火大会……。
　そのワードを言われちゃうだけで、私の脳内ではあの時

のキスが自動再生されちゃうんだもん。
「人生で初めての花火大会だったから、すごく楽しかったよ」
「私だって、楽しかったよ。鈴香ちゃんのおかげだよ」
「ふふっ。びっくりさせちゃったけどね〜ありがと」
　私はこれからも、ちゃんとこの笑顔を大切にするんだ。
「あ！　いた〜！　緒方さん！」
　へ？
　うしろから私を呼ぶ声がして、振り返る。
　そこには振り返った私に手を振っているクラスメイトの小野さんがいた。
「ごめんね！　ふたりでまわってる時に！　衣装の仕上げと確認、もう１回したくて！」
「えっ……」
「静音、私は大丈夫だから行ってきなよ！」
「けど……」
「確認終わったら、一緒に体育館裏でチョコバナナ食べようぜ」
　鈴香ちゃんはそう言って、「ブツはまかせろ！」と親指を上に上げてグッドのポーズをした。
「ありがとう。じゃあ、行ってくるね！」
　私はそう言って、駆け足で小野さんの方へと向かった。
「お待たせしましたっ」
「ううん。ごめんね〜邪魔しちゃって。けど、なんか心配でさ〜もう１回衣装見ときたくって」

衣装係のリーダーとして、ダンスチームのみんなのためにも小野さんは責任を感じているんだろうな。
　——ガラッ。
　体育館につながる渡り廊下に一番近い空き教室のドアを小野さんが開けた。
　あれ？
　そこには、ダンスチームの子が２名と、同じ衣装係の子が２名、私たちを待ってたみたいにこちらを見ていた。
「あの……」
　あぁ、そっか。この子たちは、みんな同じグループだ。
　衣装係のひとりは、柊くんのことが好きな高野さん。
　けど、どうして衣装係じゃない子たちもいるんだろうか。
　ううん。早くチェックを終わらせて、鈴香ちゃんのもとに帰ろう。
　ひとりで待ってるんだもん。
　手に汗が滲んだのも、なんだか嫌な予感がしたのも、この人たちが、前に鈴香ちゃんの悪口を言っていた人たちだからだけど。
　鈴香ちゃんがまた学校に来た時、とくに嫌そうな顔なんてしてなかったし。
　もう、大丈夫だって、信じたい。
「あのね、緒方さん。私たちで改めて確認したんだけど〜」
「っ、」
「衣装、ひとつだけ多いのよね」
「そ、そんなこと……」

嘘だ。昨日、ダンスチーム全員に衣装着せたもん。
　そんなことあるわけない。
「っていうか、もともといない人間だったじゃん」
　小野さんのセリフで、そこにいるみんなが笑い出した。
　うしろの方にいる高野さんは、目をそらしたままだ。
　なんなの一体……。
「わ、私……鈴香ちゃん待たせて……」
　──ガシッ。
「ちゃんと係の仕事やってもらわないと困るよ～緒方さん」
「えっ」
　なんなの。
　優しい人たちだと思ってた。
　仲良くなれると思っていた。
　だけど違ったの？
「高城さんの衣装、めちゃくちゃにしてよ」
「……そ、そんなことできるわけないよ！　しないよ！」
「あっそう……」
　小野さんは、人が変わったような表情でじっとこちらを見ている。
　なんでこんなことするの。
　どうして鈴香ちゃんのことをそんなに嫌うの。
「緒方さん、柊くん取られて内心ムカついてるんじゃないかって思ってたけど、違ったんだね」
　ムカつくなんて……。
　けど、ヤキモチを焼いてしまっていたことは事実で、何

も言えない。
「じゃあ、わかった！　変更！」
　小野さんは、手をパチンと叩いてそう言う。
「今後、柊くんと一切関わらないって約束してよ。そしたら、大事な親友ちゃんへの嫌がらせ、やめてあげるから」
「……っ」
「緒方さんが、親友守るのと一緒で、私もアリサには幸せになってほしいんだわ。だから邪魔しないでくれる？」
「そんな……」
「それとも無理？　やっぱり友達よりも男とるのかな？　いいよ〜？　だったらその証拠にちゃんとこの衣装、ぐちゃぐちゃにしてね」
「できないっ、そんなことできないよ」
　たったひとりの、初めてできた友達なんだ。
　鈴香ちゃんの笑顔が浮かんで、わっと涙があふれてくる。
「泣かなくていいじゃん。私たちはべつに、緒方さんのこと嫌いって言ってるわけじゃないんだから」
　違う。
　違う。
　小野さんたちに嫌われることが怖くて泣いているんじゃない。
　また、あの笑顔を見られなくなると思うと怖くて、悲しくて、涙が止まらないんだ。
　鈴香ちゃんからたくさんもらったのに。
　裏切ることなんて、できるわけない。

「鈴香ちゃんは……わ、私の親友だよ。一番の友達で、みんながなんと言おうと、私は鈴香ちゃんを守るよ」

涙が止まらなくなって、声も震えて、全然うまくしゃべれないけど。

私が鈴香ちゃんを大切にしてるって、鈴香ちゃんだけじゃなくて、みんなにも知ってもらわなくちゃ。

「ふ〜ん。じゃあ、いいよ。ただし、あなたは柊くんじゃなくて、高城を選んだんだからね？　二度と彼に近づかないでよ」

小野さんは、「柊くんに絡んでるの見たら許さないから」と言って、みんなと教室を出ていった。

「はぁ……」

全身の力が抜けて、私はその場でしゃがみ込む。

怖かったぁぁぁ。

今まで私は空気のような目立たない存在だったのに、あんな風に言われる日が来るなんて。

けど……私が怖いのは……鈴香ちゃんの元気なあの声が聞けなくなることだもん。

それから、約束した体育館裏まで向かうと、いつもの元気で明るい声で私の名前を呼ぶ鈴香ちゃんがブンブンと手を振って待っていた。

おじいちゃんが亡くなって、まだまだ悲しいはずなのに。

こうやって太陽のような笑顔を向けてくれるところ、本当に素敵だと感じる。

「衣装、バッチリだった？」
「えっ、うん！　バッチリ！　あれ着て踊ってる鈴香ちゃんを見るのが楽しみだよ」
「ふふーん。静音に見られてると思うとがんばれるわ〜。あ、そういえば、柊が静音に連絡入れたみたいよ？　さっき、静音のこと探してるみたいだった」
「……えっ」
　柊くんの名前が、鈴香ちゃんの口から出て思わず過剰に反応してしまう。
　さっき、関わるなと言われたばかりで……。
　どうしたらいいんだろうか。
　頭の中で考えながら、ブレザーのポケットから携帯を取り出す。
　そこには『柊くん』と表示されていて、メッセージが数件来ていた。
《この間言ってた話なんだけど……学園祭が終わったあと、いつもの場所に来てほしい》
《ほかのみんなと予定とかなければでいいんだけど》
　柊くんからの呼び出しなんて、胸が高鳴って仕方がない。
　だけど……。
「柊、なんだって？」
　チョコバナナ以外にも、いろいろ買ってた鈴香ちゃんは、たこ焼きをほおばりながらそう聞く。
「っ、あ、えっと、鈴香ちゃんダンス頑張ってって！　あと衣装作りお疲れ様、だって」

「……ふ〜ん」
　嘘を、ついてしまった。
　だけど……柊くんに呼ばれたんだけど小野さんたちの目が怖くて会えないなんて言えない。
「ちょっと、男子の様子見てくるか。どんな動画作ったのか見てみたいし」
「えっ、んと……」
「ん？　それともどっか別のところ行きたい？」
「あっ、うん！　お、お化け屋敷とか！」
　慌てて思いついた答え。
　ほかに行きたいところなんてないし、本当は今すぐに柊くんに会いたい。今、柊くんのいる教室になんて行けない。
　そんなことしたら、鈴香ちゃんの身が……。
「静音がお化け屋敷とか、意外。苦手そうなのに」
「びっくりはするけど、怖いとは思わないかな」
「おうおうおう！　なら、出発や！」
　鈴香ちゃんは、うれしそうに私の手を掴むとズンズンと校舎へと進んでいく。
　このまま、鈴香ちゃんたちのダンスが始まるまで、柊くんに会わないようにしなきゃ。
　それからお化け屋敷に向かう間も、ポケットに入れた携帯のバイブの音が何度か聞こえた。
　多分、柊くんだ。
　すごくツラいけれど、私は携帯の震えを無視して人混み

の中を鈴香ちゃんと歩いた。

「意外とよくできてたね〜。でっかい声、何度も出しちゃった。お化け役の方がビビってたし」
　３年生の作ったお化け屋敷を出て、鈴香ちゃんがそう言った。
「にしても、ほんと、静音全然怖がってなかったね」
「あ、うん。でも本当によくできてた」
　柊くんのことや小野さんたちのことで頭がいっぱいだなんて言えるわけないよ。
「あっ！　いた！　静音っ」
　へ？
　うしろから、聞き覚えのある声が私の名前を呼んだ気がして振り返る。
「え、なんで……悠ちゃん……」
　人混みをかきわけてこちらに手を振りながらやってきたのは、幼なじみの悠ちゃんだ。
「ごめんね、何も言わないで突然来ちゃって……あ、この間は……ごめ……」
「あ！　悠ちゃんさんっ！　この間は本当にごめんなさいっ！」
　私の隣の鈴香ちゃんを見て、謝ろうとする悠ちゃんの言葉に、かぶせるように大きな声で鈴香ちゃんが謝った。
　鈴香ちゃんのあまりの大きな声に、周りにいた人たちは動きを止めて私たちの方に視線を送った。

「あ、いや、俺の方が謝らないといけないから……あの、顔を上げて……」

　悠ちゃんのそんなセリフを聞いて、周りもホッとしたのか、元通りのにぎやかさを取りもどした。

「勘違いだったのに、あんな風に言っちゃって本当ごめんなさい」

「いえ、私も反省です。ただ、本当に私と柊は何もないので、そこは安心していただきたいです」

　お化け屋敷の隣の教室でやっていたカフェに3人で入って、話をする。

　こうやって、大好きな友達と悠ちゃんと一緒に話せる日が来るなんて。

　すごくうれしくて、いろんな不安を少し忘れられた。

「安心……ね」

「ん？　悠ちゃん何か言った？」

「あ、いや、なんでもない。鈴香ちゃん、静音のことこれからもよろしくね」

　悠ちゃんは前に座る鈴香ちゃんにそう言うと、注文したコーヒーをひと口飲んだ。

「俺は、静音の様子をちょっと見にきただけだから。これからバイトだし」

「もう行っちゃうの？」

「うん。寂しい？」

「あ、えっと……っ、」

「静音が作った衣装の写真、ちゃんと撮ってね。帰ったら

見せて」
　悠ちゃんは、席を立つと、私の頭にポンと手を乗っけてそう言った。
「うん。わかった。ありがとう来てくれて」
「ん。じゃあ、鈴香ちゃんもまたね」
　悠ちゃんはそう言うと、そのまま教室を出ていった。
　小野さんのこととかまた問題が出てきたけど、悠ちゃんの顔を見て少し安心した。
　すごいなぁ。
　まるで、私のことをずっと見てるみたいに、来てほしい時に現れてくれるんだから。
「いいな〜」
　頬づえをつきながらココアを飲んでいる鈴香ちゃんがそう漏らした。
「うん。いいよね。悠ちゃん、カッコよくて自慢の幼なじみだよ」
「じゃなくて」
「えっ？」
　てっきり、あんなカッコいい幼なじみがいて羨ましいって意味だと思っていたけど……。
「ずっと静音の隣にいるんでしょ？　羨ましい」
「まぁ……そうだけど」
「で、ご飯も一緒に食べてるんだよね？」
「うん……あ、もしよかったら、今度、鈴香ちゃんもまたうちに来てよ！　私の料理でよかったら」

「……嘘、いいの？」
「うん！　当たり前じゃん！　この間のお泊まりでは、夕飯を一緒に食べられなかったし。今度のお泊まりはぜひ！」
　そう言うと、鈴香ちゃんの顔がパァッと明るくなった。
　おじいちゃんが亡くなって、まだ日は浅いし、すごく寂しいに決まってるもんね。
　私でいいのなら、いつだって鈴香ちゃんのそばにいてあげたい。
「よーし！　そのお泊まりのためにも、キレッキレに踊るわ！」
「うんっ！　楽しみにしてる。そろそろ行こっか」
　教室の時計に目を向けて時間を確認してから、私たちはカフェをあとにして、体育館に向かった。

「よーし！　全員着替えた？　そろそろだよ！」
　体育館の舞台裏。
　衣装作りのメンバーである私たちは、ダンスメンバーの衣装の最終チェックをする。
「あーなんか緊張するわー」
「え〜鈴香ちゃんらしくないな〜」
「だって、学園祭とか初めてなんだもん。あんなたくさんの人の前で踊るとか」
　袖からチラッと客席を見た鈴香ちゃんは、人の多さに「ひぇ〜」と声を漏らした。
「ちゃんと見てるからね」

「うん。よろしく」
　鈴香ちゃんは、笑顔で私の手をぎゅっと握った。
　やっぱり何度だって思う。
　このあたたかさを大切にしたい。
　鈴香ちゃんのうしろからこちらを見てる小野さんの視線が気になったけど、今の私には、怖いというよりも、鈴香ちゃんを守るんだって気持ちの方が大きい。
　──パチパチパチパチパチ。
　大きな拍手と歓声とともに、さっき演劇を披露していた１年生がぞろぞろと舞台袖へと戻ってきた。
　次は、鈴香ちゃんたちの番だ！
「頑張ってね！　鈴香ちゃん！」
　私はそう言ってからほかのみんなと一緒に、客席の方へと向かった。
「続きまして、２年４組女子によります、ダンスです」
　体育館に響いたアナウンス。
　手に汗がにじむ。
　私が踊るわけじゃないのに。
　鈴香ちゃんが緊張するなんて言うから移っちゃったよ。
「あっ、出てきた」
　誰かのそんな声を聞いて顔を上げると、私たちが作った衣装で着飾られたみんなが、決められた立ち位置を確認しながら立っていた。
　始まるっ、いよいよだ！
　最近流行ってる、韓国アイドルの曲。

イントロが流れただけで、客席から手拍子が聞こえ出した。
　センターを飾るのは鈴香ちゃん。
　練習は時々見ていたけど……。
　人を引きつけるオーラを漂わせているというか。
　ダンスが上手いのはもちろんのことだけど、外見が派手な分、お客さんも鈴香ちゃんを目で追っている人が多い気がする。
　カッコいいなぁ。
　可愛い。
　鈴香ちゃんを見つめていると、バチッと視線が重なった。
　私に気づいた鈴香ちゃんは、一瞬、私に手をヒラヒラとさせた。
　すごいなぁ。
　まるで、ファンサービスをするアイドルみたい。
　こちらに気づいても、ダンスのキレは衰えないし。
　自慢の親友だ。
　気がつけば、最後の決めポーズをしたみんなに、大きな拍手や歓声が送られていた。
　4分という時間が本当にあっという間だった。
「2年4組のみなさん、ありがとうございました」
　──トントン。
　司会者のそんなアナウンスと拍手が同時に聞こえる中、うしろから肩を誰かに叩かれた。
　ゆっくりと振り返る。

「すごかったね、高城」
「あっ、……うん」
「あの衣装、静音たちが作ったんだよね？　すごいね」
　遠くから視線を感じて少し目を向けると、小野さんたちがこちらをジッとにらんでいた。
　柊くんと関わらないでと言われたばかりだ。
　さっきまで、鈴香ちゃんのダンスを見て楽しかったのに、一気に現実に引きもどされた気分。
「……ね？　……静音？」
「ひっ、ご、ごめんなさいっ」
　柊くんに顔をのぞかれて、ハッと我に返る。
「どうしたの？　なんか元気ない。連絡も全然取れなかったし……なんかあった？」
　どうしよう。
　今ものすごく……優しくしないでほしい。
　柊くんと私が関わってしまったら。
　鈴香ちゃんを傷つけてしまう。
「ごめんなさいっ、私……用事が……」
「えっ、ちょっ……」
　私は、柊くんに背中を向けると思いきり走って、体育館の玄関へと向かった。
　たくさん優しくしてもらったのに、こんな風に逃げるなんて最低だ。
　だけど……今の私は、鈴香ちゃんの笑顔を失いたくないから。

「静音っ！」
　体育館を出て、渡り廊下を早歩きしていると、手首を掴まれた感触と同時に、大好きな声がした。
「どうしたんだよ……俺……なんかしたかな？」
　チラッと顔を上げると、柊くんの顔があんまりにも寂しそうで、思わずすぐに目をそらした。
「学園祭が終わったあと、話したいことが……」
「もう……」
「えっ？　聞こえない……」
　自分でもわかるくらい、すごく声が震えた。
「もう……私に構わないでほしい」
　こんなことを言うはずじゃなかったのに。
　いつか、自分の想いを伝えられたら……なんて思っていたのに。
　鼻の奥がツンとして、目の奥が痛い。
「そんなの、嫌だよ」
　柊くんは、ボソッと小さくそう言うと、捕まえたままの私の手首を引き寄せて、距離を縮めた。
　相変わらず、心臓の鼓動が速くなる。
　構わないで、なんて言いながら、こんな顔しちゃうなんて、みっともない。
「こういうところだよ……」
「えっ……」
「みんなに優しい柊くんがやだよ！　好きでもない子に、相手が誰でも、こういうこと簡単にできちゃう柊くんが嫌

なの！　だから……もう、関わらないで！」
　私はそう言って、自分の出せる最大限の力で彼の手を振りほどいて背を向けた。
「静音っ！」
　顔なんて見られるわけがない。
　気づけば、頬は濡れていた。
　何度も名前を呼ばれたけれど、一度も振り返らずに、私は走った。
　鈴香ちゃんのためだって、半分はそうだった。
　けど、今私の口から出たセリフだって、全部が嘘じゃない。
　口に出して初めてわかった。多分私はずっと、知らない間に、柊くんとの特別な関係を期待していたんだ。
　柊くんを好きな理由に、みんなに平等に優しいからっていうのも嘘じゃないはずなのに。
　嫉妬する原因にもなっちゃうんだもんなぁ。
　柊くんが平等に優しいから、私だって話すチャンスが与えられたのに。わがままだ。

第14章
恋心

恥ずかしい。
バカみたい。
もっと上手に言えなかったんだろうか。
完全に嫌われた……。
でも、嫌われて柊くんが関わることがなくなれば、小野さんたちが鈴香ちゃんに嫌がらせすることはなくなるわけで……。
甘い香りのするお店を目の前に何度もため息をついて、ケーキを箱に詰めながら笑顔で接客してる幼なじみを見る。
こんな時は、甘いものを食べて忘れよう。
忘れられるわけがないけれど、今は正直、どうしていいかわからない。
あのあと、空き教室に置いてあったカバンをとって、気づいたらお店の前に来ていた。
鈴香ちゃんにも、お疲れ様と声をかけないといけないことはわかっていたけど、どうしても今は言える状態じゃない。
──カランカラーン。
「いらっしゃいませ〜……って、静音？」
店内に入ってきた私を目にして、悠ちゃんは目を丸くして驚いた。
「学園祭終わったの？　6時から後夜祭じゃなかった？」
そう言いながら、悠ちゃんは店内にある壁かけ時計に目をやった。

時刻は5時48分。
「うん……なんだか……疲れちゃって……すごく……甘いものが食べたい」
　大好きな人にひどい言葉をかけちゃったとか、うまくいくように見えていた学校生活がまたダメになるかもしれないとか、全部口には出せない。
「そっか。ちょうどよかった」
「え？」
「今、新作のケーキできたばかりで。あ、俺がアイディアを出したんだけどな。まぁまだ試作の段階だけど、食べてくれる？」
「う、んっ」
　悠ちゃんは昔からそうだ。
　本当に、昔から。
　この間だって、今だって。
　言葉よりも先に、心をゆっくりと満たしてくれる。
　私が事情を話さないでもこうやって受けいれてくれるのだって……。
「ほい」
　ショーケースから少し離れたところにあるイートインの席に悠ちゃんがケーキを載っけたお皿を持ってきてくれた。
「いいの？」
「当たり前だろー。このケーキモデルは静音だしな～」
「え、私？」

びっくりして、再びケーキに目をやると、ホイップクリームがたっぷり塗られたスポンジに、つやつやしたミカンが並べられていた。
「これって……」
「ショートケーキ。ミカンの」
「へぇ……珍しいね、イチゴのショートケーキしか見たことなかったや」
「食べてみて」
　悠ちゃんはそれだけ言って、フォークを私に差し出した。
　三角のとがった部分を少しだけフォークで切って、口に運ぶ。
「うわっ」
　爽やかなミカンの酸っぱさと、生クリームの甘さが絶妙で、口いっぱいに広がる。
「おいしい！」
　芸能人の食レポみたいに気の利いたことはいろいろ言えないけれど、すっごく美味しいのはまちがいない。
「イチゴのショートケーキよりさっぱりしてて、すごく食べやすい」
　見た目では、イチゴの方が鮮やかだから、ミカンはちょっと物足りないんじゃないかと思っていたけど、全然そんなことない。
　それに、よく見るとスポンジケーキの間には、モモやキウイも入っている。
「イチゴは鮮やかで派手だから、きっとこれと並べた時に

手を取るのはイチゴの方が多いかもしれない」
　悠ちゃんはそう話しながら、フォークを取って、ミカンのショートケーキをひと口食べた。
「だけど、イチゴよりこっちを手に取った人が、味を知って初めて、このよさをもっとわかってくれてもいいのかなって思うんだ」
　悠ちゃんは照れ臭そうに笑いながら続ける。
「見た目のインパクトは大切だけど、中身だけで勝負してるケーキもあっていいんじゃないかって」
　そう言って、まっすぐ私の方を見つめる幼なじみ。
「何があったのかわからないし、今聞くことかもわからないけど。たとえ最初はわかりづらくたって、理由がわからなくたって、静音の優しいところとか、繊細なところとか、中身をちゃんと知ってる人は、静音がこんな顔してすごく悩む真面目な子だってこともわかってくれてると思うよ」
「悠ちゃん……」
　まるで、今までのこと全部見てたみたいにいろいろわかっちゃうんだもん。
　自然と涙があふれてきて、止まらない。
「悠ちゃんは……すごいね」
　涙をふきながらそう声を出す。
「何言ってんの〜。静音、口には出さないけど顔に出るタイプなんだからわかっちゃうよ」
「うっ、それはそれでどうなんだろう……」
「ハハッ、いいんじゃない？　その方が安心」

悠ちゃんはそう言って笑いながら、私の頭をクシャッと撫でた。
　──カランカラーン。
「いらっしゃ……」
　お店の扉が開いて悠ちゃんが顔を上げた瞬間。
「静音！　なんで、今ここでケーキ食ってんの！」
　へっ!?
　大きな声が、お店中に響いた。
「鈴香ちゃん……なんで……」
　さっきまで、体育館の舞台でキレッキレなダンスを踊っていた彼女は、いつもの制服（相変わらず、スカートは短くて、ルーズソックス）に着替えていた。
「なんで柊のこと置いていったの！　後夜祭だって始まってんだよ？　ダンスしてる時はちゃんと客席にいたのに、終わったらいなくなってんだもん」
「ごめんなさい……」
「謝んなくていいけどさ。何か理由があってそうしたのはわかるし」
『理由がわからなくたって、中身をちゃんと知ってる人は、静音がこんな顔してすごく悩む真面目な子だってこともわかってくれてると思うよ』
　さっきの悠ちゃんの言葉が浮かんだ。
　本当だ……。
　あんな風に逃げちゃったのに、鈴香ちゃんはちゃんと理由があるってわかってくれた。

「ただ、どんな理由かは知らないけど、柊のこと嫌いになったわけじゃないなら、ちゃんと会いにいきな」
「……っ」
「嫌いになったの？」
　鈴香ちゃんにそう言われて、うつむきながらブンブンと首を振る。
「だったら……行きな」
「でも……」
「柊には嫉妬するし、私の静音だ！　って気持ちも変わらないよ。だけど、静音はあいつのこと好きじゃん。だったらちゃんと伝えなよ。柊、待ってるよ」
「鈴香ちゃん……」
「ちゃんと、全部言いな。思ってることを言う前に、一度飲み込むの、静音のいいところだけど、悪いところでもあるよ。大事なことは、全部吐け！」
　鈴香ちゃんは、私の手を引っぱると強く私の背中を押して、お店の扉の方へと向かわせた。
「あとで全部聞くから！」
「っ、鈴香ちゃん、」
　もう、涙でぐちゃぐちゃだけど、もうどうにでもなれと思えるくらい、鈴香ちゃんの言葉は胸にグサグサ刺さっていった。
「いっ、いってきます！」
　私は、お店の扉を勢いよく開けて全力疾走で学校へと向かった。

きっと、私が柊くんを避けた理由を知ったら、鈴香ちゃんはすごく怒るだろう。
　そんなくだらないことで、って言うだろう。
　だけど、ちょっとだけ「柊に勝った」なんて言ってよろこんでくれたりもしそうだ、なんてイメージもしちゃう。
　鈴香ちゃんの中身をちゃんと知っているから。
　だけどやっぱり、鈴香ちゃんが嫌がらせされているのを見たくないっていうのは、私の譲れないところでもあって。
　自分に取り柄なんて何にもないって、思っていたけれど。
　ほんの少し、自分を好きになれたのは優しく話しかけてくれた柊くん、まっすぐ関わってくれた鈴香ちゃん、ずっと見守ってくれてた悠ちゃん、みんなのおかげだ。
　そして、私はまだ……柊くんに何も言えていない。
　もらってばかりで、私は何にも、伝えきれていない。
　それどころか、構わないで、なんてつき放してしまった。
　違う。
　言いたいことは、そんなんじゃない。
　鈴香ちゃんの時みたいに。
　ちゃんと言わなくちゃ。
　自分の口から。
　走れっ。
　今一番、会いたい人のところへ。
　不格好でもいいから、ちゃんと――。
　伝えなきゃ。
　人生でこんなに走ったことないってくらい、猛ダッシュ

で駆けぬけた。
「はぁ……はぁ……はぁ」
　学校の校門に着き、息を整えながらポケットの中のスマホに手を伸ばす。
　鈴香ちゃんからの着信が3件と……柊くんから、着信が1件。
　柊くんのいるところ……。
　校舎の裏からは、軽音楽部のライブの音が聴こえてきて大盛りあがりなのがわかる。
　私の足は自然と、駆け出していた。
『いただきます』
　そう言って、私が毎日お弁当を食べている場所。
　初めて彼が、話しかけてきた場所。
　……いた。校舎の壁に寄りかかって座っている。
　月明かりに照らされた彼は、いつものカッコよさを数倍上回っていて、思わず見惚れてしまった。
　よし、言わなきゃ。
　私は、大きく息を吸って吐いて、もう一度吸った。
「柊くん！」
　私のその声に、彼は身体をビクッとさせてからこちらを見た。
　どうしよう……急に緊張してきた。
　走ってる間、会いにいかなきゃってことだけで頭の中いっぱいで、なんて言うのかは考えてなかった。
「……静音、よかった……来てくれた」

そう言いながら立ちあがった柊くんに、私はゆっくりと近づく。
「柊くんっ！　聞いてもらってもいいですか！」
　もう泣きそうなのがカッコわるすぎる。
　だけど……伝わるかわからないけど。
「うん」
　あんな風につき放したのに。
　柊くんは笑顔でそう返事をしてくれた。
　それがまた、胸をキュンとさせて、やっぱり好きな気持ちがあふれる。
「人と関わるのが苦手で、消極的で、そんな自分がずっと嫌だった。みんなみたいにキラキラしたいけど無理だって」
「うん」
「だけど、柊くんが話しかけてくれたあの日から、変わったの。毎日がキラキラしてて、私なんかがいいのかなって気持ちよりも、どんどん楽しみたいって気持ちが大きくなっていって……」
　どうしよう。
　なかなか言えない。
　悩んで、勘違いをして、ひとりで落ち込んで。
　今、一番言いたいこと。
「……私ね」
　うまく、柊くんの顔が見られない。
　だけど……。

バッと顔を上げて、月明かりに照らされた彼の目をまっすぐ見て。
「私っ！　柊くんのことが好きです！　友達としてだけじゃなく……私は……っ」
　──ぎゅっ。
「柊……くん？」
　普段よりも強く、柊くんが私を抱きしめて離さない。
「ちょっと待ってよ……サプライズすぎだって……振られる前提でそれでも俺がちゃんと告白しようって思ってたのにさ」
　耳もとに、大好きな彼の声がかかってくすぐったい。
「まさか、静音から告白されるなんて思わなかったよ。ドッキリとかじゃないよね？」
「ドッキリなんて……そんな器用なことできないよ……あんな風につき放しておきながら、こんなこと言うのはどうなんだろうって思うんだけど……」
　ごにょごにょと言いわけしようとする私の頭を柊くんは優しく包み込む。
「全部聞いたから大丈夫」
「へ？」
「土田がたまたま聞いてたんだってさ。小野さんたちの話」
「あ、そう……なんだ……」
　まさか、もう柊くんが知ってたなんて。
　っていうことは……。
「土田が、もう高城にも話してるんじゃないかな」

私の気持ちを察したように、柊くんがそうつけくわえて。
「仮に静音が俺のこと嫌いだったとしても、優しいから俺を傷つけないように避けるに決まってる。だから、ああいうやり方には何か理由があるなって思ったよ。俺はずっと前から静音が優しいって知ってたから」
「柊くん……」
「それにしても……こんなこと……」
「ひっ」
　柊くんは、私の顔を両手で包んでジッとこちらを見つめてくる。
　やっぱりダメだ。カッコよすぎるよ。
　暗くてよかった。
「えっ……と、この告白はただ伝えたかっただけといいますか……本当に……返事っていうか……」
　だんだんとこれが現実であることが恥ずかしくなって、慌ててそんな言葉を並べる。
「ほんっと、その可愛さ、わざとなら怒るよ。言ったよね。告白するつもりだったって」
「えっ、わざ……えっと……それって……——っ」
　突然、顔に影ができると。
　唇にゆっくりとやわらかいものが触れた。
　これって……。
　目の前は、目をつぶった柊くんの綺麗な顔でいっぱいだ。
　嘘……。
　私、柊くんと……。

「……すっごいムカつくよ、俺の方が好きで。キスなんて、好きな人にしかしないから」
「……っ、」
　そんなことを言われて、顔を赤くしない女子がいるであろうか。
　信じられない。
　柊くんと、両想いになるなんて。
「本当……に？」
「疑うの？」
「だって……」
「ほら」
　柊くんはそう言って、私の手のひらを自分の胸に持っていく。
　柊くんのトクトクと速い心臓の音を感じる。
「前から好きだったけど、最近、もっともっと昔から俺は静音のことが好きだったんだって気づいたんだ」
「え、昔？」
「うん。それに気づいてから、去年、ひとりで弁当を食べてる静音に惹かれた理由もわかった」
「え、去年から!?」
「って、俺も思ってたんだけど、そのずっと前からだったんだ」
「えっ」
　柊くんの言ってることに頭がハテナでいっぱいだ。
「その理由を知りたい？」

「うん。知りたいっ」
「じゃあ、その前に……改めて、俺の彼女になってくれる？ 緒方静音さん」
　ずるいよ……告白したのは私からなのに。
　改めてそんなことを聞くなんて。
　しかも、フルネームで名前を呼ばれると不意打ちでまたキュンとしてしまう。
「うっ、もちろんです！　こんな私でよければよろしくお願いします！」
　バッと頭を下げると、柊くんはククククッと笑った。
　そして……。
「まだ足りないや」なんて呟いてから、再び私の唇をそっと塞いだ。

side 鈴香

「いいの? 行ってこいなんて言ったら確実に柊に取られちゃうよ」

洋菓子専門店 kiseki から出て、学校に戻り、教室の窓から後夜祭のライブを見つめていると、うしろからそんな声がした。

「私がそう言わなくたって、あのふたりはいつか必ずそうなる運命でしょう。っていうかなんでいんのさ。土田」

うしろを振り返らないままそう言う。

「なんでって……俺がたまたまあの人たちの会話聞いていたから緒方が逃げた理由がすぐにわかったんだから……」

「感謝の言葉ぐらい述べろって?」

「そういうわけじゃねーけど。高城が柊に嫉妬するのわかるよ」

土田はそう言って、私の隣へ並んだ。

「何が言いたいの」

わかるってなんだよ。

女の子に思わずキスしちゃって、それが恋愛感情なのか、ただの行きすぎた友情なのか、わからないこの感情がわかるってことかよ。

「……俺じゃダメかな」

「はい?」

「俺は、緒方に嫉妬するよ。女子に嫉妬するなんてどうなのって思うけど……それくらい余裕がねぇ」

土田の言ってることがわからない。

どういうことだ。
　こいつが私を好きだってこと？
「もの好きすぎでしょ」
　私を好きになる男なんて、どうかしている。
　口が悪くて声がでかくて、ストレートにものを言っちゃうような性格だ。
　ありえない。
「これでもちょっと落ち込んでるんだから、変な冗談やめてよね」
　好きな子には幸せになってほしい。
　ほしいものは何がなんでも手に入れろなんて言う人がいるけれど、私の場合は違う。
　ほしいけど、それよりも、彼女の一番の幸せととびっきりの笑顔が見たい。
　彼女の幸せが、多分私の幸せで、それを壊すのが誰であっても許せないんだ。
　静音にキスした時、彼女のあの困った顔を見た時。
　私がほしいのはこれじゃないって気づいたから。
「俺と高城、同じ小学校だったの覚えてねーよな」
「えっ」
「なんだよその顔……へこむわ」
　そう言って笑った土田の横顔は、いつもの少し頼りない感じとは違ってちょっと大人に見えた。
「全然覚えてないし、小学生の時って……」
「うん。高城、今よりもずっと女の子だった。大人しくて

ふわふわしてて」
　嫌だ。
　思い出したくない。
「黒歴史だわあんなの」
「男の子たちはほとんどが高城のことが好きでさ……それが原因でしょ？　今みたいになっちゃったの」
「なっちゃったってなんだよ。好きでこうなったんだよっ」
　そう言って、土田の肩を軽く殴る。
「そっか。ごめん。ただ、俺はずっと後悔してて……あの時、高城に嫉妬した女の子たちからのイジメを止められなかったのが悔しくて……」
　まさか、あの時のイジメを、見ていた人がいたなんて。
　あの子たちは決まって、男の子や先生たちがいない時に、私に嫌がらせをしていたから。
「助けられなくてごめん」
「なんでお前が謝んのさ。つーかちょー昔の話だし、べつにどうでもいいし」
　なんで泣きそうなんだろう。
　人の前では泣かないって決めたのに。
　いや、一度だけ柊の前で泣いちゃったんだけど。
　それでも、自分がひとりでツラかった日を、ちゃんと覚えていて、それを共有できる人がいたことにちょっとうれしくなって。
　私は、慌てて隣の土田から顔を背ける。
　ダサい。

子どもの頃の、ささいな話なのに。
「俺はちゃんと知ってるから。そこは高城よりもずっと知ってる自信があるから。本当はすごく傷つきやすくて誰よりも人のこと考えてて、けど変なところ素直じゃなくって強がりなのも全部知ってるから」
「……っ」
「俺の前では、全部吐いてよ」
「んだよ、それ」
　多分、泣いてるのはもうバレている。
　それでも見られたくない。
　だけど……。
　初めて少しだけ、自分の人生が報われた気がした。
　ちゃんと知っててくれて見てくれた人がいたことが、うれしくて。
「……ありがとう、土田。クッソブスな顔で泣くわ！」
　私は、彼の背中をバシンと強く叩いてから、人生で一番ブサイクな笑顔を向けた。

第15章
始まり

side 絢斗

『お弁当、持ってきてないの?』
『せーのっ! いただきます!』
　やっと思い出した。
　やっぱり俺たちは出会う運命だったんだ。

　——ピンポーン。
　家のチャイムが鳴って、俺は慌てて玄関へと向かう。
　さっき、インターホンを鳴らした彼女が、キョロキョロと緊張しているのが画面越しから伝わって、また好きな気持ちが積もったところだ。
　——ガチャッ。
「いらっしゃい〜」
「あ、はい。いらっしゃいましたっ」
　玄関を開けると、いつもより少し小さくなった彼女が、わざとなのか無意識なのか、多分後者であろう上目遣いでそう言った。
　ここで今すぐ抱きしめて、たくさん触れたいけど、今は少し我慢、我慢。
『静音に見せたいものがあるんだ』
　学園祭が終わって数日たった昨日、俺は静音にそう言って家に来るように誘ったんだ。
「ひ……絢斗くん、あのね、これシュークリーム! 悠ちゃんが持っていけって」
「あ、わざわざありがとう。あとで食べようね」

箱を受けとって、キッチンの冷蔵庫に入れる。
　付き合ってから、変わったことといえば、静音が俺のことを下の名前で呼びはじめたことと、放課後は静音を家まで送るために毎日一緒に帰ってること。
　さっき、「柊」と言いかけたのだって可愛いし、私服の静音もやっぱり可愛いし、用事がすんだらきっと、また彼女が困るほど可愛がってしまうだろうと思う。
「それで……絢斗くん。話って……」
　俺の部屋の真ん中にあるローテーブルをはさんで向かいに座る静音。
　彼女なんだから、そばに座ってくれたらいいのに、そういうところもやっぱり静音らしくて笑っちゃいそうになる。
「うん。これ、見てほしいんだ」
　そう言って、俺は1枚の写真をローテーブルに置いて、静音に見せた。
「これって……集合写真？」
「そう」
　そこには小学生男女が20名ほど並んで、芝生の上に座って写っていた。
　大体の子ども達は、笑顔でピースサインを向けている。
　たったひとりを除いて。
「これって、もしかして、絢斗くんの小学生の時の写真!?」
「うん。そうだよ。小3かな」
「へぇー!!」

静音は目をキラキラさせはじめると、写真を手に持ってじっと見つめた。
　多分俺を探している。
「え……絢斗くん……いる？」
　じーっと写真を見つめたまま静音はそう言う。
　真剣に見つめるその顔がやっぱり可愛くて笑っちゃう。
「ちゃんといるよ」
「ええ……嘘だよ……いない……」
「いるってば。探しながらでいいんだけど、静音は小３の頃の遠足の場所とか覚えてる？」
「えっ、小３……」
　すごく昔の話だし、覚えている方がまれかもしれない。
「たしか……私たちは、星ノ山運動公園。あそこの芝生を段ボールですべった思い出がある」
「やっぱり？　実は俺も星ノ山。ほら、このうしろ、ここでしょ？　すべってたの」
　俺はそう言って、写真のバックを指差す。
「あ、ほんとだ〜！　やっぱり遠足といえば定番の場所なんだね」
「この時俺、弁当忘れちゃってさ……弁当分けてくれる友達もいなくて……」
「ん……？　……あっ」
　静音が、突然何か思い出したように声を出した。
「たしか、私の時もそんな子がいた。でも……同じクラスの人じゃなかったような……」

「へ〜」
　どうしよう。
　だんだんニヤついてしまいそうになる。
「人がすごくたくさんいた気がするから、多分、ほかの学校の子も来ていたんだよね……」
　静音は、少し写真から目を離して記憶をたどる。
　その顔もまた可愛くて、仕草ひとつひとつをちゃんと記憶に残しておこうと彼女を見つめる。
「その時、同じ日にここで遠足だったらすごくない？」
「へっ」
　静音はぽかんとした目でこちらを見つめると、慌てて写真にまた目を戻した。
　なんだかだんだんドキドキしてしまう。
　まるで、ジグソーパズルのピースをあとひとつ埋めたら完成だっていうような、あのワクワクした気持ち。
「はっ!!!　あ……絢斗くん！　大変だよ！」
「ん？」
「思い出した！　いた！」
「えっ？　ごめん、静音、何？」
　興奮気味の静音は、口をパクパクさせながら写真を指差す。
「私と絢斗くん、多分、同じ日に遠足に行ってる！」
「どうしてそう言えるの？」
「だって私、この男の子にお弁当分けてあげたの！　思い出した！」

「えっ、どの子?」
「この子、端っこにいる子」
　静音が指を差した男の子。
　その子はみんなと同じようにピースサインを作ってなんかいなくて、目線もカメラの方を向いていなかった。
　ひとりだけ間を空けていて、孤立してるようで。
　正直、遠足を楽しんでるようには見えない。
「だけど……肝心の絢斗くんがいないっ!」
　やっぱりまた写真をじっと見る静音。
「その男の子のことは覚えてるの?」
　そんなにわからないくらい違うかな。
「うん!　お弁当忘れたって言ってて……」
　静音はその男の子にまた目をやった。
「静音、俺ちゃんといるよ」
「っ、え」
「それが俺だよ」
　小学3年。
　あの頃の俺は、学校なんて大嫌いだった。
　周りのすべての人間が嫌いだったし、すべて環境や周りに原因があると思っていた。
『おい、デブ!　お前弁当食べずに走れよ!　ダイエットしろよー!』
　そうやって、クラスメイトの奴らがぶつかってくることも。
『柊ほんときもいよね、ソンザイがきもい』

男子も女子も。

みんなと同じように食べているだけのはずなのに。

体質だから仕方ないと思いながらも、ほかの人たちと違って明らかに太っていることを、全部、親や人のせいにしていた。

世界のすべてが自分の敵のような気がして、死ねば今よりマシな人間に生まれ変われるだろうか、なんて考えていたこともあった。

そんなひねくれていた俺の前に現れた子。

『お弁当、持ってないの？』

知らない子だった。

自分はひどい容姿のくせに、いっちょまえに、おかっぱの地味な女の子だな、なんて思ったのをよく覚えている。

『……俺食べないから』

目をそらしてそう言った。

ほかの子がワイワイと遊んでいるところから離れたベンチで座って。

お弁当を忘れた。

先生にそんなことを相談すれば、みんなから分けてもらいましょうなんて言うに決まっているし、そしてまた、太ってるんだから食べなくても大丈夫だろうなんて言ってからかわれるのは目に見えていた。

っていうかこの子は、なんでこんな俺に話しかけてくるんだろうってすごく怖かった。

だけど、彼女は、

『一緒に食べよう！　食べないと倒れちゃう。うちのママのご飯、おいしいんだよ！』
　そう言って、弁当箱のふたに色とりどりのおかずを載せていたっけ。
　正直、お腹はペコペコだったし、
　女の子が弁当のふたを開けた瞬間、あまりにもおいしそうで、ごくんと唾を飲み込んだ。
『はい、手を合わせてくださいっ！』
　俺の太ももにおかずの載った弁当箱のふたを置いてからうれしそうにそう言った彼女の横顔。
　あまり顔を覚えていないのは、視界が涙でぼやけていたからかもしれない。
　自分が初めて、ちゃんとひとりの人間として認められた気がして。
　俺の容姿についてなんとも思っていなくて、まっすぐに親切に接してくれた彼女。
　名乗り合ったわけでもない。
　どこの誰なのか知らない彼女と、『いただきます!!!』と元気よく声に出して言ったあの日。
　あの頃の声の大きさとは全然違うけれど。
『いただきます』
　高校生になって偶然聞こえた、家庭科室の窓の外。
　誰も見ていないのに、小さく声に出していたそれとまったく同じだったんだ。
「まさか、ずっと前に絢斗くんに出会っていたなんて……」

「すごいよね。あの日優しくしてもらったことで、希望が見えたっていうか……変わろうって思えたんだよね」
「そうだったんだ……がんばったんだね！　絢斗くん！」
　そう言ってまた俺を褒めるから……うれしくなっちゃうじゃん。
「でも、あの頃のトラウマっていうか、やっぱり人に嫌われるのが怖くて、見た目が変わったら変わったで、お人好しだったり、親切にしてるつもりが思わぬ方向に行ったりすることもあって」
　そのせいで勘違いさせちゃたり、傷つけちゃったり、悩むこともあったんだ。
「だけど今は！　ほかの誰かに嫌われても静音にだけは嫌われたくないよ」
「絢斗くん……」
「あの時、優しくしてくれて、俺の世界を変えてくれて、こんな俺のこと好きになってくれてありがとう」
　俺がそう言うと、彼女は潤んだ瞳から、スーッと綺麗な涙を流していて。
「……誰がなんと言おうと、私は昔に出会った柊くんも、今の柊くんも大好きだよ！」
　いつも恥ずかしがって言わないのに、こういう時にまっすぐ目を見て言ってくれるんだから。
　俺は、静音のことを、ずっとずっと前から好きだったんだよ。
　好きすぎて、おかしくなりそうなくらい。

どれくらい好きだったか、わからないでしょ。
　わかるはずもない。
　寝ても起きてもずっと静音のことばっかり考えて。
　今、静音は何をしてるんだろう？　って。
　いつもあれこれ想像してた。
　なんだか俺ばかり好きなのが悔しくて。
　静音のことがほしくなる。
　自分だけのものにしたい。
「柊くん、じゃないでしょ」
「えっ」
「ちゃんと名前呼んでよ」
　改めてそう言うと急に照れ出して、
「……好きだよ、絢斗くんっ」
　まっ赤な顔でそう言うから。
「シュークリームはもう少しお預けかな」
　そう言って、自覚なしに誘惑してくる彼女に、いつもよりずっとずっと甘いキスをした。

———END———

あとがき

　初めまして、雨乃めこです。
　このたびは、数ある本の中から『学年一の爽やか王子にひたすら可愛がられてます』を手に取ってくださり、本当にありがとうございます！　2度も文庫化という夢を叶えることができるとは。
　読者の皆さまには感謝しかありません。

　この作品は、みんなと同じようにキラキラしたいけど自分に自信がない、そんな女の子が学年一の人気者に出会い、恋をして、少しずつ変化していくお話です。

　私自身、学生時代に周りの友達と自分を比べてはいろんな面で悩んでいた時期もあったので、ひとりでも静音に共感してくれる方がいたらうれしいです。

　柊との関係だけでなく、静音にとって生まれて初めてできた鈴香という友達との友情も楽しんでもらえたらなと思います。

　人に話したくないような、いわゆる黒歴史のような過去をもつ柊や鈴香。実際に私も、常に失敗ばかりで、過去をやり直したいと思うことばかりです。

でも、そんな過去の時間は、今の、そして将来の自分をつくり出していて、今出会えている大切な人も、これから人生をもっと素敵に変えてくれるかもしれない人との出会いも、少なからず過去の自分の選択があってこそだと思っています。
　だから、あまりうしろばかり振り返らず、過去の自分も今の自分も少しでも好きになろうと、そんな思いで書いたお話でもあります。

　時には照れ臭くてなかなか言えないことも、静音が1歩踏み出して柊に想いを伝えたように、この作品が、誰かの勇気の糧になってくれたらうれしいです。

　また、思い描いていた以上の素敵なイラストを描いてくださった月居ちよこ先生には本当に感謝しかありません。
　そして、このような機会を与えていただき、出版に携わっていただいたすべての皆様、本当にありがとうございました。
　手に取ってここまで読んでくださった読者の皆様に心より感謝いたします。

　たくさんの愛と感謝をこめて。

　　　　　　　　　　　　　　　2019年5月25日　雨乃めこ

作・雨乃めこ（アマノ　メコ）

沖縄県出身。休みの日は常に、YouTube、アニメ、ゲームとともに自宅警備中。ご飯と音楽と制服が好き。美男美女も大好き。好きなことが多すぎて体が足りないのが悩み。座右の銘『すべての推しは己の心の安定』。『無気力王子とじれ甘同居。』で書籍化デビュー。現在はケータイ小説サイト「野いちご」にて執筆活動を続けている。

絵・月居ちよこ（ツキオリ　チヨコ）

寝ること、食べることが大好きなフリーのイラストレーター。主にデジタルイラストを描いており、キャラクターデザインやCDジャケットの装画など、幅広く活躍している。

ファンレターのあて先

〒104-0031

東京都中央区京橋1-3-1

八重洲口大栄ビル7F

スターツ出版（株）書籍編集部 気付

雨乃めこ 先生

この物語はフィクションです。
実在の人物、団体等とは一切関係がありません。

学年一の爽やか王子にひたすら可愛がられてます
2019年5月25日　初版第1刷発行

著　者	雨乃めこ
	©Meko Amano 2019
発 行 人	松島滋
デザイン	カバー　金子歩未（TAUPES）
	フォーマット　黒門ビリー＆フラミンゴスタジオ
DTP	朝日メディアインターナショナル株式会社
編　集	若海瞳
編集協力	ミケハラ編集室
発 行 所	スターツ出版株式会社
	〒104-0031 東京都中央区京橋1-3-1　八重洲口大栄ビル7F
	出版マーケティンググループ TEL03-6202-0386
	（ご注文等に関するお問い合わせ）
	https://starts-pub.jp/
印 刷 所	共同印刷株式会社
	Printed in Japan

乱丁・落丁などの不良品はお取り替えいたします。上記出版マーケティンググループまでお問い合わせください。
本書を無断で複写することは、著作権法により禁じられています。
定価はカバーに記載されています。

ISBN 978-4-8137-0683-0　C0193

ケータイ小説文庫　2019年5月発売

『新装版　好きって気づけよ。』天瀬ふゆ・著

モテ男の凪と天然美少女の心愛は、友達以上恋人未満の幼なじみ。想いを伝えようとする凪に、鈍感な心愛は気づかない。ある日、イケメン転校生の栗原が心愛に迫り、凪は不安になる。一方、凪に好きな子がいると勘違いした心愛はショックを受け…。じれ甘全開の人気作が、新装版として登場！

ISBN978-4-8137-0685-4
定価：本体 590 円＋税

ピンクレーベル

『学年一の爽やか王子にひたすら可愛がられてます』雨乃めこ・著

クラスでも目立たない存在の高校2年生の静音の前に、突然現れたのは、イケメン爽やか王子様の柊くん。みんなの人気者なのに、静音とふたりだけになると、なぜか強引なオオカミくんに変身！「間接キスじゃないキス、しちゃうかも」…なんて。甘すぎる言葉に静音のドキドキが止まらない!?

ISBN978-4-8137-0683-0
定価：本体 590 円＋税

ピンクレーベル

『ルームメイトの狼くん、ホントは溺愛症候群。』＊あいら＊・著

高2の日奈子は期間限定で、全寮制の男子高に通う双子の兄・日奈太の身代わりをすることに。1週間とはいえ、男装生活には危険がいっぱい。早速、同室のイケメン・嶺にバレてしまい大ピンチ！ でも、バラされるどころか、日奈子の危機をいつも助けてくれて…？　溺愛120%の恋シリーズ第4弾♡

ISBN978-4-8137-0684-7
定価：本体 590 円＋税

ピンクレーベル

『新装版　逢いたい…キミに。』白いゆき・著

遠距離恋愛中の彼女がいるクラスメイト・大輔を好きになった高1の葉月。学校を辞めて彼女のもとへと去った大輔を忘れられない葉月に、ある日、大輔から1通のメールが届き…。すれ違いを繰り返した2人を待っていたのは!?　驚きの結末に誰もが涙した…感動のヒット作が新装版として復刊！

ISBN978-4-8137-0686-1
定価：本体 570 円＋税

ブルーレーベル

ケータイ小説文庫 好評の既刊

『幼なじみの榛名くんは甘えたがり。』みゅーな**・著

高2の雛乃は隣のクラスのモテ男・榛名くんに突然キスされ怒り心頭。二度と関わりたくないと思っていたのに、家に帰ると彼がいて、母親から2人で暮らすよう言い渡される。幼なじみだったことが判明し、渋々同居を始めた雛乃だったけど、甘えられたり抱きしめられたり、ドキドキの連続で…!?
ISBN978-4-8137-0663-2
定価:本体590円+税

ピンクレーベル

『俺が意地悪するのはお前だけ。』善生茉由佳・著

普通の高校生・花穂は、幼い頃幼なじみの蓮にいじめられてから、男子が苦手。平穏に毎日を過ごしていたけど、引っ越したはずの蓮が突然戻ってきた…! 高校生になった蓮はイケメンで外面がよくてモテモテだけど、花穂にだけ以前のままの意地悪。そんな蓮がいきなりデートに誘ってきて…!?
ISBN978-4-8137-0674-8
定価:本体590円+税

ピンクレーベル

『新装版 眠り姫はひだまりで』相沢ちせ・著

眠るのが大好きな高1の色葉はクラスの"癒し姫"。旧校舎の空き教室でのお昼寝タイムが日課。ある日、秘密のルートから隠れ家に行くと、イケメンの純が! 彼はいきなり「今日の放課後、ここにきて」と優しくささやいてきて…。クール王子が見せる甘い表情に色葉の胸はときめくばかり!?
ISBN978-4-8137-0664-9
定価:本体590円+税

ピンクレーベル

『ずっと消えない約束を、キミと』河野美姫・著

高校生の渚は幼なじみの雪緒と付き合っている。ちょっと意地悪で、でも渚にだけ甘い雪緒と毎日幸せに過ごしていたけれど、ある日雪緒の脳に腫瘍が見つかってしまう。自分が余命わずかだと知った雪緒は渚に別れを告げるが、渚は最後の瞬間まで雪緒のそばにいることを決意して…。感動の恋物語。
ISBN978-4-8137-0665-6
定価:本体580円+税

ブルーレーベル

ケータイ小説文庫 好評の既刊

『悪魔の封印を解いちゃったので、クールな幼なじみと同居します！』神立まお・著

突然、高2の佐奈の前に現れた黒ネコ姿の悪魔・リド。リドに「お前は俺のもの」と言われた佐奈はお祓いのため、幼なじみで神社の息子・晃と同居生活をはじめるけど、怪奇現象に巻き込まれたりトラブル続き。さらに、恋の予感も!? 俺様悪魔とクールイケメンな幼なじみとのラブファンタジー！

ISBN978-4-8137-0646-5
定価：本体 590 円＋税

ピンクレーベル

『一途で甘いキミの溺愛が止まらない。』三宅あおい・著

内気な高校生・菜穂はある日突然、父の会社を救ってもらう代わりに、大企業の社長の息子と婚約することに。その相手はなんと、超イケメンな同級生・蓮だった！ しかも蓮は以前から菜穂のことが好きだったと言い、毎日「可愛い」「天使」と連呼して菜穂を溺愛。甘々な同居ラブに胸キュン‼

ISBN978-4-8137-0645-8
定価：本体 590 円＋税

ピンクレーベル

『腹黒王子さまは私のことが大好きらしい。』＊あいら＊・著

超有名企業のイケメン御曹司・京壱は校内にファンクラブができるほど女の子にモテモテ。でも彼は幼なじみの乃々花のことを異常なくらい溺愛していて…。「俺だけの可愛い乃々花に近づく男は絶対に許さない」──ヤンデレな彼に最初から最後まで愛されまくり♡ 溺愛120％の恋シリーズ第3弾！

ISBN978-4-8137-0647-2
定価：本体 590 円＋税

ピンクレーベル

『求愛』ユウチャン・著

高校生のリサは過去の出来事のせいで自暴自棄に生きていた。そんなリサの生活はタカと出会い変わっていく。孤独を抱え、心の奥底では愛を欲していたリサとタカ。導かれるように惹かれ求めあい、小さな幸せを手にするけれど…。運命に翻弄されながらも懸命に生きるふたりの愛に号泣の感動作！

ISBN978-4-8137-0662-5
定価：本体 590 円＋税

ブルーレーベル

ケータイ小説文庫　好評の既刊

『今すぐぎゅっと、だきしめて。』Mai・著

中学最後の夏休み前夜、目を覚ますとそこには…なんと、超イケメンのユーレイが!! ヒロと名乗る彼に突然キスされ、彼の死の謎を解く契約を結んでしまったユイ。最初はうんざりしながらも、一緒に過ごすうちに意外な優しさをみせるヒロにキュンとして…。ユーレイと人間、そんなふたりの恋の結末は!?

ISBN978-4-8137-0613-7
定価:本体590円+税

ピンクレーベル

『総長に恋したお嬢様』Moonstone・著

玲は財閥令嬢で、お金持ち学校に通う高校生。ある日、街で不良に絡まれていたところを通りすがりのイケメン男子・憐斗に助けられるが、彼はなんと暴走族の総長だった。最初は怯える玲だったけれど、仲間思いで優しい彼に惹かれていって…。独占欲強めな総長とのじれ甘ラブにドキドキ!!

ISBN978-4-8137-0611-3
定価:本体640円+税

ピンクレーベル

『クールな生徒会長は私だけにとびきり甘い。』＊あいら＊・著

高1の莉子は、女嫌いで有名なイケメン生徒会長・湊先輩に突然告白されてビックリ！　成績優秀でサッカー部のエースでもある彼は、莉子にだけ優しくて、家まで送ってくれたり、困ったときに助けてくれたり。初めは戸惑う莉子だったけど、先輩と一緒にいるだけで胸がドキドキしてしまい…？

ISBN978-4-8137-0612-0
定価:本体590円+税

ピンクレーベル

『キミに捧ぐ愛』miNato・著

美少女の結愛はその容姿のせいで女子から妬まれ、孤独な日々を過ごしていた。心の支えだった彼氏も浮気をしていると知り、絶望していたとき、街でヒロに出会う。自分のことを『欠陥人間』と言う彼に、結愛と似たものを感じ惹かれていく。そんな中、結愛は隠されていた家族の秘密を知り…。

ISBN978-4-8137-0614-4
定価:本体590円+税

ブルーレーベル

ケータイ小説文庫　2019年6月発売

『DARK NIGHT―史上最強の男に愛されて―I (仮)』ゆいっと・著

高校生の優月は幼い頃に両親を亡くし、児童養護施設「双葉園」で暮らしていた。ある日、かつての親友からの命令で盗みを働くことになってしまった優月。警察につかまりそうになったところに現れたのは、なんと最強暴走族「灰雅」のメンバーで…？　人気作家の族ラブ・第1弾！

ISBN978-4-8137-0707-3
予価：本体500円+税

ピンクレーベル

『お前を好きになって何年だと思ってる？』Moonstone（ムーンストーン）・著

高校生の美愛と冬夜は幼なじみ。茶道家元跡継ぎでサッカー部エース、成績優秀のイケメン・冬夜は美愛に片思い。彼女に近づく男子を陰で追い払い、10年以上見守ってきた。でも超天然のお嬢様の美愛には気づかれず。そんな美愛がある日、告白されて…。

ISBN978-4-8137-0706-6
予価：本体500円+税

ピンクレーベル

『新装版　恋する心は"あなた"限定』綴季・著

恋に奥手だった由優は憧れの理緒と結ばれ、甘い日々過ごしている。自信がなくて不安な気持ちでいた由優を理緒は優しく包み込んでくれて…。クリスマスのイベント、バレンタイン、誕生日…。ふたりの甘い思い出はどんどん増えていく。『恋する心は"あなた"限定』待望の新装版。

ISBN978-4-8137-0708-0
予価：本体500円+税

ピンクレーベル

『新装版　いつか、眠りにつく日 (仮)』いぬじゅん・著

修学旅行の途中で命を落としてしまった高2の蛍。彼女の前に"案内人"のクロが現れ、この世に残した未練を3つ解消しないと成仏できないと告げる。蛍は、未練のひとつが5年間片思い中の蓮への告白だと気づくけど、どうしても彼に想いが伝えられない。蛍の決心の先にあった、切ない秘密とは…!?

ISBN978-4-8137-0709-7
予価：本体500円+税

ブルーレーベル

書店店頭にご希望の本がない場合は、
書店にてご注文いただけます。